不败者

墨熊 / 著

北方联合出版传媒(集团)股份有限公司
万卷出版有限责任公司

图书在版编目（CIP）数据

不败者 / 墨熊著 . -- 沈阳：万卷出版有限责任公司，2024.9
ISBN 978-7-5470-6324-8

Ⅰ.①不… Ⅱ.①墨… Ⅲ.①幻想小说-小说集-中国-当代Ⅳ.① I247.5

中国版本图书馆 CIP 数据核字 (2023) 第 127330 号

出 品 人：	王维良
出版发行：	北方联合出版传媒（集团）股份有限公司
	万卷出版有限责任公司
	（地址：沈阳市和平区十一纬路 29 号　邮编：110003）
印 刷 者：	三河市九洲财鑫印刷有限公司
经 销 者：	全国新华书店
幅面尺寸：	145mm×210mm
字　　数：	190 千字
印　　张：	7.75
出版时间：	2024 年 9 月第 1 版
印刷时间：	2024 年 9 月第 1 次印刷
责任编辑：	王　越
责任校对：	张　莹
封面设计：	仙　境
ISBN 978-7-5470-6324-8	
定　　价：	45.00 元
联系电话：	024-23284090
传　　真：	024-23284448

常年法律顾问：王　伟　版权所有　侵权必究　举报电话：024-23284090
如有印装质量问题，请与印刷厂联系。联系电话：0316-3170279

信鸽 · · · · · · · · · · · · · · · · · 001
唯有科学，无远弗届？

诀别诗 · · · · · · · · · · · · · · · · · 127
似此星辰非昨夜，为谁风露立中宵。

猎杀时刻 · · · · · · · · · · · · · · · · · 145
所以，你瞧，我有酒，也有故事，你愿意听吗？

不败者 · · · · · · · · · · · · · · · · · 193
"我看到了你的未来……而在你的未来里，没有我。"

信鸽

唯有科学,无远弗届?

信　鸽

虽然从来没有人做过相关的统计，但我觉得，与生活在这个银河系中的绝大部分人相比，我应该算是个幸运儿。

我的家境并不好，相貌身材也就马马虎虎，天赋才华更是平平无奇，但也许正是因为足够接地气的缘故，身边的人总是说我有一种特别的感染力——只要我吃得香，哪怕是块冷馒头，别人也会觉得十分美味；只要我玩得开心，哪怕是两颗玻璃珠，别人也会觉得格外有趣；只要是我认为好看，哪怕是洒在杂草丛上的一小片阳光，别人也会觉得那说不定是一座名胜古迹。

这种特性本来只是平凡人生中的小小调剂，但在我服完兵役、正式考虑自己该以何种方式度过余生的时候，一家虚拟旅行公司找到了我，希望我能成为他们旗下众多候鸟中的一员。

"这工作就是需要有感染力的人,"招募我的猎头如是说道,"你天生就是干这活儿的料啊,兄弟!"

候鸟的工作解释起来非常复杂,涉及数不清的流程与步骤——上游下游、资本技术,一样都不能少。但轮到我头上时,却又变得十分简单——通过两次小手术,一套微型设备被植入我的体内,它能够记录所有感官信号,细致到每一缕空气的味道、每一口食物的香甜、每一滴雨水的分量……全都会以我自己的体感如实记录,储存进随身携带的晶片。顺带一提,老版本的晶片很重,容量还很小,持续使用的话,每半年就得更换。

完成旅行之后,候鸟们将晶片交返公司,其中的信息会被存档、复制,用户可以通过这些信息来重现旅行的整个过程,再加上一点小小的技术补正和心理暗示,就能让使用者产生一种是自己在动的感觉。

入行之前,我体验过几次虚拟旅行,除了有些微妙的脱力感,那身临其境的效果确实无懈可击,而且最重要的是,由于旅行发生在脑内,整个过程本质和做梦一样,既省钱又安全,一晚上就能玩好几个景区,不喜欢的话也不用担心浪费了旅费,在产品选单里点个差评,换一批即可。

简而言之,候鸟们的工作,就是按照公司的安排到处游山玩水——通常是些偏远又拥有独特魅力的古怪地方,除了极少数科学家和拓荒者,绝大多数人一辈子都不会踏足那里,更不用说去旅行了。

薪水则主要来自付费用户的分成，而因为销售周期的关系，钱可能需要好多年才能拿到，还不能确定具体数额有多少——这对于想要通过勤劳致富过上美好生活的奋斗小伙儿来说肯定不可接受，却很适合我这样胸无大志却又想要到处走走看看的犬儒主义者。

比起钱，真正让我犹豫的，是时间——一旦接受了候鸟的工作，就等于是选择了生活在一条与常人完全不同的时间线之中，一次短途旅行意味着错过儿女的成长，一次长途旅行可能就是生物学层面的生离死别了。

举例来说，我的第一件工作是前往阿卡迪安大区的苍翠星殖民地。我记得乘坐的那艘客运船叫作"长腿蛙号"，刚出厂，搭载了当时最先进的超泡引擎，折算下来的现实速度，接近光的三倍，抵达苍翠星只需要三十一年，而由于引力场的关系，返程还能更快些。但即便我完成工作直接回家，父母的自然寿命也所剩无几——很可能早已选择了意识转移，成为合成人或者在虚拟世界中永生，总之，肯定不会是印象中的那个模样了。而我呢，由于大部分时间都在飞船的静滞舱中休眠，半个多世纪过去，所耗费的人生实际上不过就是在苍翠星游玩的那几个月而已。

所以，从我离开故土的那一刻起，故土的一切也离开了我——这是一份注定孤单的工作，正适合那些不惧喧嚣却又喜欢孤单的人。

"不行!"在得知了我的决定之后,母亲声嘶力竭地阻止道,候鸟什么的,不就等于是这辈子都见不到了吗?"

"见不到就见不到吧,反正,人生终归是一场不了了之。"身为老兵的父亲淡然一笑,他虽然故作洒脱,但偏过了头去,用鼻子深吸了一口气,"所以……"

他没有说完,而是摆了摆手,这个动作,打消了我的最后一丝顾虑。

最初的两趟旅程,都是在遥远的阿卡迪安,那是一片位于文明世界边缘的巨型星区,数千个难以开发的无人星系遍布其间,点缀着几个人烟稀少、穷困潦倒的殖民星系,唯独每个殖民地的首府还算繁华,该有的设施与服务都一应俱全——最多也就是技术上不同程度地过时了而已。

出于成本考虑,候鸟们都是单独出行,挤着最便宜的客舱,住着最廉价的小店,连必要的物资和旅行器材,都是尽可能地在本地采购——来源和质量都让人很不安。

按照在公司培训时的说法,客户的口味千奇百怪,我不用考虑他们想体验什么,只需要按照自己的意愿来做就好。而比起或是淳朴或是彪悍的风土人情,我更喜欢那些荒无人烟的自然绝景,以及尚未被文明所烦扰的野生禽兽。

有一次在洛德伊朗的山区,我被一头雌性猛袭兽叼走,险些被它喂了幼崽，还好我请的向导也并非善茬，他毫不留情地大开杀戒，看来当地应该没有什么动物保护组织。最终的结局是，我虽然失去了两条胳膊和左腿，但吃到了据说大补的野生猛袭兽的卵巢，我至今仍记得那东西出锅时的气味与色泽。

洛德伊朗的医疗水平十分可疑，只有回到由早期殖民舰改良而成的空间站里时，我才放心地让医师们修补残躯。我原先担心这段混杂着痛苦、恶心与躁郁的经历会引起客户们的不适，但没想到公司的客户们还挺喜欢，在之后拿到分成的时候，金额多得让我都有些吃惊。顺带一提，那时最初招募我的公司已经倒闭，所有候鸟都被转移到了另一家财大气粗又野心勃勃的企业，它提供了统一的制服与设备，印着漂亮而醒目的商标，让人在一公里外就能看出我们的职业。这倒也省了不少口舌。

说到职业，大多数情况下，我接触到的人都对候鸟这份工作羡慕不已——银河系漫无边际，有文明涉足的星辰亦遍布苍穹，但对于个人而言，世界却并没有比几千年前更广大：每天需要面对的，仍然只是一场工作与居所之间的无尽轮回，而这轮回的距离通常也不会超过十公里。前往一两百光年外的都市行星见见世面听上去是很有吸引力，但一想到需要在路上度过几十年，大部分人就会心生怯意——这还不光是时间本身的问题，人可以选择休眠，但世界可不会等他，出发时目的地可能还是岁月静好，抵达时也许就已经是洪水滔天了。不，可能更糟——由于在这个银河里最快的东西就是超泡引擎，恒星系之间的通信水平相当于回到了大航海时代，外面的世界发生了什么，完全靠一艘又一艘的飞船来传递，因此你在任何时候获得的任何所谓系外新闻，实际上在当地都已经是历史书里的故事——传到你耳里的那一刻，就已经过时许久了。

  我对物理学什么的一窍不通，只记得很小的时候听说，文明世界从一千年前进入了被称为"大瓶颈"的时代，技术进步变得异常缓慢，似乎所有事物都已经发展到了天花板，而为了突破这个天花板，需要付出难以想象的人力、物力——我曾计划去金铎旅行一次，听说那里的超级对撞机建在一颗巨型气态行星的赤道上，绕了整整三十圈，但即便如此，所取得的科研成果也十分有限，负责整个项目的科学家最后还选择了以惨烈的方式自我了断，是背锅抑或绝望就不得而知了。

  总之，在我为大企业工作的那一个半世纪里，科技的最大进步是超泡引擎迭代了五次，速度总共提高了13.5%，能耗减少了三分之二，已经可以一口气飞越三个大区……但那几乎全都是为探索用的无人舰队准备的，因为就算对候鸟而言，这种距离的旅行也实在是太过漫长了；而越是"漫长"，带来的风险就越大——比如去克罗深渊的那趟旅程，它原本是颗乏人问津的十八线穷星，因为发现了天然超导矿石而受到了整个恒星系的垂涎。当我抵达时，传闻中的天然浮空瀑布早已因为水源枯竭而不见踪影，一位自称卢卡侯爵的军阀还非要把我留下来做什么外务顾问，天天听我讲那些明明使用晶片就能亲身体验的旅行故事——实际上，其中的绝大部分细节，我也得靠重温自己的晶片才能回想起来。

也正是在这个内战与政变此起彼伏的鬼地方，有生以来第一次，我遇到了信鸽。

人总是喜欢崇拜那些超越他们自身又不可理解的东西，在远古时代，这东西可能是一道落雷；在中世纪，可能是一支发出淡淡木香的十字架；在宇航时代，可能是一位引领太空殖民潮流的伟大企业家；而在这个人人都可以永生却依然愤世嫉俗，不愁吃喝却依然不知满足和感恩的时代，大家又回到了原始社会，开始崇拜起那些不可名状的自然现象。

而信鸽，便是其中之一。

绝大多数流传在星系中的坊间怪谈，都借由旅者之口传播开来，在进入静滞舱开始长久的休眠之前，大家有充足的时间交流在各地听说的奇闻，像什么能够完全遮蔽恒星的无光雾海，神出鬼没、专门袭击远航舰船却只掳走活人的幽灵舰队，以及能够让整个殖民地人间蒸发的大吞噬者……它们通常都被描绘得栩栩如生，再配上晶片中的实景体验，很容易让人信以为真。有那么一两回，我还真的想要去事发现场转转，看看这些鬼故事到底是个什么来头。

但信鸽与所有这些传闻都不同——我从未在船上或者港口里听到有人提起过它们，倒是在殖民地，尤其是在那些物产贫乏、人口稀少、过着简直可以说是苦行僧般清苦生活的小聚落里，听到过好几次，并且总是伴随着感激、喜悦与憧憬。

每个传言的侧重点和夸张程度各不相同，但总归有一个共同之处——信鸽能够在它们的神龛中凭空出现，带来其他世界的消息。这些消息有的来自毗邻的恒星系，有的则来自远到不可思议的银河尽头，内容并不是那种"某某星发生了天灾"或者"某某国的政府垮台了"之类可有可无的谈资，而是从亲戚、朋友或者相识之人那里传来的话语，有时是一句简单的问候，有时则是一首绵长的情诗。

我拜访过一次所谓神龛，非要评说的话，那基本就是一座点了几盏永明灯的山洞，洞里有一口人工开凿的小池塘，大约十米长、五米宽，深度不及腰，成年人想在里面游泳恐怕还不太容易。

池塘的边上，常年点着蜡烛，备着两套衣服和一点干粮，按照当地人的说法，信鸽出现的时候，就像初生的婴儿那样赤身裸体，也不携带任何随身物品。正因为如此，他们送信的方式也非常原始——直白点说，就是口耳相传。

起初，我觉得这一切都只是噱头，是一种类似恶作剧的乡野迷信，但当我第二次看到布置与结构几乎是一模一样的神龛时，立即就意识到这事绝不简单——能够跨越恒星系传播的宗教，只有两种可能：要么是信徒原本就遍及天下，随着殖民队散播到银河系各处；要么就是……它真的有神迹。

我记得那是一个湿冷的午夜，阳台外的大漠中，飘着淅淅沥沥的小雨，挂在天空中的两个月亮散出撩人的光，其中有一颗还因为季节和天气的关系，看上去幽幽发蓝，正是千载难逢的观赏佳期。我给自己倒了一杯当地的土产药酒，在卧房的阳台中央落座。

可还没喝上两口，宫殿的内线防壁就响起了警报，而后整个城堡都灯火通明。我不禁好奇地驻足观望，想看看到底是从哪儿来的刺客这么倒霉，突破了防卫严密的外围，却在离侯爵如此之近的地方被发现。

通向寝宫的路上，有十余名武装卫兵正端着步枪，呈半弧状围住体形瘦小的闯入者，他们一步一步地小心前行，既像是监视又像是在护送。那人裹了一身本地常见的大袍，穿过蒙蒙细雨，在大殿门前停下了脚步。

我点了一根烟，饶有兴趣地侧身坐到阳台的栏杆上，静观其变。没想到推扉而出、迎接闯入者的，竟然是侯爵本人。他脸上还带着一点起床气，连眼神里都写满了敷衍，但才说了两三句话，他就像是被施了咒语一样，猛地打个激灵，彬彬有礼地朝殿内伸手示意——我在克罗深渊待了有些年月了，还是第一次看到侯爵如此恭谦。

在好奇心的驱使下，我穿好正装，前往客厅一探究竟。坐在卢卡侯爵对面的，是一位散着黑色长发的娇小女子，她气定神闲地斜坐在长沙发上，用沙驼毛织成的顶级浴巾擦着湿漉漉的脑袋，嘴角边挂着一种……我说不上是安逸还是慵懒……抑或两者兼有的浅笑。

"我妈死了，"看到我过来时，侯爵正抱着宠物猫自斟自饮，他示意我坐到女子身边，"重大交通事故，真空管道老化，车子飞出去了快一公里，合成体的晶片被撞得粉碎，已经没法修复了。"

"既然是合成体，那应该有做人格备份吧？"我漫不经心地问道，"重装一下不就好了？"

"我妈是真灵教的信徒，觉得复制出第二份意识与人格是一种渎神行为。"

我从没听说过什么真灵教，但听起来它比绝大多数其他宗教的虚伪程度都还要高些——他们竟然能够接受舍弃肉身，将意识上传到晶片，以合成体之躯度过上百年，也许更久的时光，却不能接受把他们的宝贝意识和人格做一个备份？相比之下，完全拒绝上传意识的醒灵教还更可敬一点。不过从名字上看，这两个教派说不定还有点亲缘关系。

"节哀……"我看了一眼身旁的女子，她仍在慢悠悠地擦着头发，"我没记错的话，令堂是住在提柏特吧？离这儿差不多一整个大区啊，所以……这至少也是三四十年前的事情了吧？"

"不，没那么久……"侯爵慢慢放下端到嘴边的酒杯，"都得感谢这位好姑娘，如果不是她，恐怕等到叛军把我挫骨扬灰的那天，我都没法知道这个消息。"他轻叹了口气，"老家的人到现在还以为我在采矿公司工作，想让我回提柏特去经营那间缩在街角的祖传老店——卖泡菜的祖传老店。"

"泡菜？开玩笑，您可是卢卡侯爵！"我故意拉高了音量，奉承道，"呼风唤雨的大人物！您完全可以把所有亲戚都接来克罗深渊啊，让他们开开眼。"

"开眼？看我怎么杀人放火，横征暴敛，处决不听话的奴隶吗？"侯爵先是苦笑，继而犹豫了几秒，用力揉了揉怀里的猫头，"嗯，好像也不是不可以，"他看向我身边的女孩，"这个口信，你能帮我传回提柏特吗？"

"听着没什么意思，你的思念也不够强，"女子眨了眨眼睛，"我考虑考虑吧。"

她慢条斯理的嗓音纤细而甜美，态度却相当敷衍，奇怪的是，侯爵不仅没有生气，反而彬彬有礼地挺胸颔首："那请务必在克罗深渊多待几天，走走看看，这里有许多需要你帮助、你也能帮助到的人，我会负责所有花销，当然，还有整颗行星上最好的向导同行。"

说到向导的时候，侯爵伸手指向了我，而我只得润润嗓子，十分自觉地冲女子欠了欠身，"嗯嗯，侯爵说的就是我啦……幸会，请问您是商会的人吗？哪艘船上的？"

对方愣了一下，而后带着微笑，上下打量了我两轮："你之前，没见过我这样的人吧？"

我不假思索："没。"

"那你现在见过了。"她点点头，"我叫小旋，旋转的那个旋。"

就像是在担心我不明白什么叫旋转一般，她摇晃着手指，在自己面前比画了一个圈。

第二天见到小旋的时候,她终于理顺了头发,换上了一身暗红色的短袍,脚踝和手腕上还拴着铃铛。这本是当地儿童的传统服饰,但穿在她身上竟格外合体,让我不禁对这女人——或者说这女孩的年龄有了很大怀疑。

"我不记得了,"而小旋本人的回答却更加诡异,"这重要吗?"

她眼里闪烁着与世无争的悠然之光,笑容也像孩童般真诚而纯净,既不像是说谎也不似在调侃,以至于我连用笑话挖苦回应一下的心思也没有,竟然觉得她是真不记得自己的年纪了。

我并不知道侯爵希望让她看什么,但作为一个以旅行为生的人,对于什么东西值得一看,她心里大概也有点数。这颗行星虽然饱受动乱之苦,但还是有不少在其他地方难得一见的奇景——潮水退去之后的巨人峡湾,爬满了两栖生物的岩柱,这些动物背部的硬壳在黄昏或是黎明的辉映下,显出姹紫嫣红的光,仿若陈列在宫殿中的油画;风暴席卷过后的无垠沙丘,被龙卷风带起的沙子在闪电中玻璃化,变成一根根触手状的雕塑,向着天空盘旋扭曲;当然,还有举世闻名的浮空瀑布,虽然瀑布的水早没了,但至少"浮空"还在,那笼罩在云蒸雾缭之中的千仞悬崖,仿佛从巢穴中探出头来的怪兽,以无可言喻的气势俯瞰众生。

但小旋对这一切竟然没有一丁点兴趣,鬼斧神工的绝景,在她眼里似乎一钱不值。相反,她更在意那些生活于当地的土著——无论是在海边捡拾漂亮贝壳卖钱的渔夫,还是在矿坑外乘凉休憩的矿工,她都聊得不亦乐乎,有几次还鬼鬼祟祟地想要把我支开。我多少还肩负着保护她性命的责任,她要是被那群衣衫褴褛的刁民给弄死了,卢卡侯爵肯定也会拿我去喂猫。

索性,我也就不再费神费力地去做什么向导,想什么景点,干脆投其所好,把她往穷山恶水的小乡村里带就行。有趣的是,小旋所接触到的人,哪怕是最凶神恶煞的那种,也对她表现出了异乎寻常的友善,甚至都有点一见如故的味道了。虽说她确实是娇小可爱,眉和目善,身上还带着邻家大娘一般的亲切,但克罗深渊毕竟是民风彪悍之地,人与人之间充满了猜忌和敌意,没道理会对一个外来的陌生小姑娘敞开心扉啊。

我旁听过几次她与当地人的谈话,都是些平平无奇的家长里短,从吃饭用的食材到婚礼上的着装,几乎无所不包,就是没有什么特别之处。而诡异的是,无论与什么人交流她都显得十分投入,但事后我再和她聊起来时,其中很大一部分内容她竟都毫无印象,用一句"我记不得了"便轻轻带过。

直到有一天,我们来到一座叫法迪安的边陲小城,这里是克罗深渊上最早的定居点之一,远离富庶之地,同样也远离了纷争,居民们过着贫乏而无趣的生活。在踏进城门的瞬间,小旋突然莫名地激动了起来,她迈开脚步,径直向城市中心奔去。那里正有人张灯结彩，布置街道，准备庆祝一年一度的降临节，一些即便在侯爵的宫殿里也难得一见的山珍野味被摆上了货摊，看着就……嗯，应该不会太好吃。

但小旋在镇中心只是驻足了一秒钟。她东张西望，表情稍显茫然，似乎是迷了路，但很快就又找到了方向，钻进一个小巷。我费了很大力气，才在人群中硬推出一条道，追上了她。

小旋站在阴暗的小巷深处，面对着一扇大约两人高的木质拱门，暗红色的门扉已经略显旧态，但看得出来平时还有人打理清洁。

在我开口发问之前，小旋推开木门，一步跨过了门槛。室内的小池，映衬着昏黄的烛火，一个跪在池边的少年——穿着同样属于孩童的传统服饰，抬起身来，扭头看向她，两人没有言语、没有表情地对视了一阵，那少年突然双眼放光，像是明白了什么一般，先倒吸一口凉气，继而手忙脚乱地慌张起身，大步冲了出去，几乎与我撞了个满怀。

"那是……"我抹了抹下巴，"你的熟人吗？"

小旋没有回答，而是闭上了双眼，两手摊开，绕着小池慢悠悠地踱步，表情甚至还有些陶醉。

不一会儿，屋外开始有人聚集，他们神色凝重，在之前那个少年的带领下，缓步向巷子这头逼来。我顿时心头一紧，从兜里掏出了两样应该可以保命的东西，分抓在左右手里——一份卢卡侯爵亲自颁发的"顾问委任书"，一把近卫队长赠送的合金钉枪，带刺刀的那种。

"咱们该走了，姑娘。"我将枪抬到胸前，让每一个来者都能看到，"擅闯民居可不是个好习惯。"

"这不是民居，"小旋在池边跪了下来，用手轻舀了一捧水，"这是思念汇聚之所，是召唤我的神龛。"

"神龛？"

在我愣神的瞬间，一个老妪跳过了门槛，哆哆嗦嗦地冲向池边，她完全无视我的警告以及端起的枪口，一把抓起了小旋的双手，用我从未听过的语言兴奋地欢叫，甚至连跟了我几十年的翻译软件都没法识别出她到底在喊些什么。接下来，屋外的人鱼贯而入，似乎完全无视我的存在，簇拥到了小旋身边，其中的有些人跪伏在地，有些人痛哭流涕，有些人扯着小旋的袖口喃喃自语，整个场面看起来就像是疯狂信徒在膜拜宗教领袖。

小旋朝我微微一笑，点了点头，我心领神会，收起了枪，退到屋角。在大家的情绪都渐渐平复之后，包括小旋在内的所有人都盘腿坐下，开始一个接一个地同小旋交谈——大多是在窃窃私语，有时说着说着就笑了，有时笑着笑着就哭了。而小旋则不厌其烦地认真聆听，几乎一言不发。

这场奇怪的宗教仪式持续了很久，从中午一直到深夜，而屋外的人却越聚越多，直到小旋开始打哈欠时，最初进来的老妪才招呼着大家离场，并留下了食物、衣服、首饰、珠宝以及一大堆应该可以算作是供品的、我也说不上来是什么的东西。

小旋显然是累了,她伸了个懒腰,侧躺在池边,合眼之前只道了一句"晚安",便沉沉地睡去,竟还打起了呼。我叹了口气,从贡品中抽出一条毛毯,轻轻盖在她的身上。

即便有军用级的小型无人机警戒,这一晚我也睡得不踏实——天还没亮,城里的庆典就已经开始,等到了太阳升起时,屋外的街道已经是锣鼓喧天。小旋揉了揉惺忪的睡眼,从池里捧起水抹了一把脸。

"外面是怎么了?"

"降临节。"我一边将无人机折叠起来收进背囊,一边解释道,"最初的那艘殖民船出了故障,偏离了航线,在此地迫降。船严重受损,乘员伤亡过半,幸存者为了纪念这个日子,便给它起名叫降临节。"

"唔,"小旋甩了甩手,"你果然是好向导,懂得可真多啊!"

我苦笑了一声,点点头。经过这些日子的相处,我已经知道小旋的脑内并没有安装晶片或者任何信息接收设备,否则在踏进法迪安城的瞬间,关于降临节的各种宣传广告就应该铺天盖地地涌到她眼前了。

她手脚并用地爬到供品堆旁,随意抓了一块饼,正要开啃,却被我拦住了:"别,我带你去街上买点好东西吃。"

小旋扫了一眼手里的饼,那恋恋不舍的样子把我给逗笑了,我索性把饼打落,有些强硬地把她推出门去:"一年一次的庆典,机会难得。"

街上热闹非凡,可能不光是法迪安城,周边不少乡镇的人都挤了进来,这些人的奇装异服平常看来一定十分滑稽,但在此时此地,却显得格外应景,姹紫嫣红之下,给广场平添了几分喜庆。

小旋对商贩兜售的美食与小饰品都表现出了极大兴趣,几乎在每个摊位前都要驻足很久。但说什么就是不肯买——钱当然不是问题,这里的东西都没多贵,而且侯爵早就吩咐我要把这丫头伺候好,只是无论我怎么撺掇,她就是一毛不拔,什么都不肯买。

"都是身外之物。"她说这话时的神情和笑意,简直就像是行将就木的老奶奶,"带不走的,就不要浪费钱啦。"

"买东西不一定是为了带走啊,"我笑着拿了一个发钗模样的小饰品,送到她面前,"买东西这件事本身,就可以是美好的回忆。"

小旋的脸色突然变得有些阴沉,把我的手给推了回去:"那,就更不必了……"

在接近广场中央的舞台时,一位市民认出了披着纱巾的小旋,兴奋得简直要从原地起飞。但仿佛懂得魔法的女巫,小旋只是简单地把食指放在唇上,做出"安静"的手势,对方便心领神会地点了点头,不再多言,那既敬又畏的模样,不亚于最虔诚的信徒。

到了黄昏时分,商贩们很自觉地收起了摊位,把广场空了出来,进行降临节中最重要的活动——"曼卡卡",一种混合了多种民族风格的诡异的传统舞蹈,由完全素不相识的两个或者四个人组成一队,在欢快悠扬的音乐声中翩翩起舞,一曲完毕之后,便又换人组队,直到精疲力竭或者意兴阑珊为止。

虽然对曼卡卡的盛况早有耳闻,但亲眼看见几千人规模的"群魔乱舞"还是让我大为震撼,再加上身为候鸟的习惯,我观望了好一会儿,才想起屈膝蹲坐在身边的小旋——她目光呆滞茫然,对眼前盛大的一切似乎并没有任何感想。

"你会跳曼卡卡吗?"

女孩眨了眨眼睛:"嗯?什么卡?"

"就是现在他们跳的这个,呃……"我比画了一下,"舞蹈。"

小旋叹了口气,笑着摇了摇头,可抢在她开口回话之前,我就朝她伸过手道:"来吧,看起来有点复杂,但只要顺着节奏踱好步子,很快就能被周围的人给带进去,到时候自个儿就能跟着跳了。"

小旋嘟起的嘴巴微微抽动了一下,她看了一眼广场上的舞者,明显是心动了,犹犹豫豫地想要接过我的手,但在接触的刹那又缩了回去,就像是被针扎到了一样。为了掩饰脸上一闪而过的哀伤,她有些尴尬地理了理鬓发。

"还是……别了吧,现在学会,也没什么用了。"她顿了顿,微微欠身,"不过,还是谢谢你的好意,我心领了。"

虽然她对我始终保持着彬彬有礼的态度,但能听出这声感谢并非客套。我觉得时机已经成熟，便也盘腿坐了下来，甚至还故作漫不经心地用胳膊轻轻抵住她的膝盖，润了润嗓子，问了一个我早就想问的问题："那个……小旋啊，你到底是什么人？"

"咦？你不是都已经念出我的名字了吗？"

"不，不是名字，我是想问——"

"信鸽，"她莞尔一笑，"我是一名信鸽。"

我瞪大了双眼，非常失礼地盯着她的眉心，大概沉默了有半分钟。

在星际旅行了这么多年之后，我以为自己不会再相信什么神仙妖怪了——就算它们真的存在，也不应该长成眼前这副模样。

"就你？信鸽？"我不屑地摇摇手，"别乱说了，信鸽就是骗骗乡下人的地摊文学，全是神话故事，不可能是真的。"

"哦？"她转过身来，用双手托住腮帮，突然饶有兴趣地问道，"你说说看，那些神话故事里，都讲了些什么？"

"其他的都无所谓，"我一本正经地科普道，"传说信鸽能够从一个行星旅行到另一个行星，不借助任何飞船，你觉得这有可能吗？"

"不可能吗？"小旋眉头一紧，"难道所有的星际旅行……都要用到飞船吗？"

"嗬，梦里可以不用。"我沉默了几秒，"如果信鸽的传说属实，而你确实是其中一员，那你应该能够随时离开克罗深渊，到任何一个你想去的地方，对吗？"

她毫不犹豫地点点头:"对呀。"

"那你为什么不去呢?"我干笑着,不解地问道,"倘若真的存在信鸽这种神人,他们根本就不会在旅途中浪费哪怕一分钟吧?而你呢?却在一片烂泥里艰难跋涉,在一片蘑菇林里席地而眠,在一辆蒸汽动力的矿车里颠簸一百多公里,只为了避开战区,穿越地下海峡。"

"你不是也一样吗?跟我一起。"

"正是因为跟我一起,"我打了个响指,"才更奇怪!以你拥有的力量,为什么还要走这些路受这些苦?还是说,虽然你能够在星球之间自由穿行,在地面上却施展不开?"

"哦……"小旋拖了个长音,似有所悟地微微昂起下巴,"我懂了,你不相信我是信鸽,对吧?"

"是……不对,我是根本就不相信有信鸽。"我更正道,"只要稍微懂一丁点物理学,不,只要有一点常识,都不会相信这种鬼话吧?比装备了超泡引擎的飞船还快?这怎么可能呢?"

问这话的时候,我突然想起了昨晚的市民,他们对小旋顶礼膜拜的架势,确实很像是沉浸在妄想之中的迷信愚民——全然不是那种应该懂物理学的人。但问题是,从最初蹲在池边的那个毛头小子,到最终挤满房间的男女老少,所有人都是第一次见到小旋,他们到底是靠什么确定她就是信鸽的?

"正好,我在这里的时间也差不多了……"小旋环视了一眼四周,目光中带着一丝我不太能理解的惆怅,"如果你亲身见证过我的离去,应该就会相信信鸽是真实存在的了吧?"

我没太明白她话里的逻辑,琢磨了一下:"见证?你是要……要我看着你做什么事吗?"

"恰恰相反,我只能在你看不到我时离去。"她指了指广场上仍在热舞的人群,"在他们所有人都看不到我的时候离去。"

"都看不到你?那怎么可能哦?"我笑道,"这里少说也有上千人吧,不管怎么样,总归会有几双眼睛看到你的。"

"纵有千万人围观,我需要的也只是一瞬间,而只要无人在意,这一瞬间终会到来……"

我听得越发糊涂,但还没来得及细想,小旋便缓缓起身,掸了掸长袍:"我想想,这样吧,我来重新安排一下行程,选个近点的地方……嗯……"她闭眼思索了一阵,"安平星如何?安平的乐园谷,咱们在那里碰头吧。"

我搜索了一下导航图,以银河系的规模来看,安平确实是很近,就在邻近的恒星系,但即便如此,它离克罗深渊也有 6.4 光年之遥,以往来此地的远航船的平均速度来说,到那儿怎么说也得要两年的时间。

"行,两年就两年呗。"小旋拍了拍自己的大腿,好像很开心的样子,"记好哦,两年后,安平星的乐园谷,我最多只能等你两个月。"

"等我？"我都蒙了，"等我做什么？为什么要等我？"

"看，"小旋答非所问地扬了扬下巴，"那边。"

我顺着她示意的方向望去——广场对面的塔楼上，有一对情侣正热烈地拥抱在一起，我不太明白小旋为何要让我观赏那两个人，而在我扭过头准备问她时，却发现这丫头已经不见了踪影。起先，我以为她是在玩什么无聊的小把戏，但摊在地上的衣物让我意识到事情没有那么简单——不仅是披在最外面的法迪安民俗长袍，连她的旅行套衫和应该是穿在最里面的那些衣服也都丢在原地，丢在了她刚刚站立的位置上，离我仅有咫尺之遥。

如果说这是把戏的话，那未免也太高级了，就算是最娴熟的脱衣舞娘也不可能在这么短的时间内就把自己剥个精光，更重要的是，无论是谁，如果在人山人海的广场上这么做，怎么着都会引起一片惊叫才对吧？

我茫然地站起身，举目四望，广场上依旧是歌舞升平，只有我一人呆若木鸡地站在角落。几秒之后，我的手脚开始打战，满脑子全是"侯爵会杀了我"这句话。

我找了整整三天，都没有在法迪安城中发现小旋，那些曾对她顶礼膜拜的市民也没法提供任何帮助，她仿佛被强风吹散的云彩，来时还有形状，去时只剩半缕青烟。

实话实说，我已经不太在意什么是信鸽了，把卢卡的贵宾弄丢这件事，让我整个人都要魂飞魄散了，思来想去也不知道该怎么交代。回去是不可能了，这辈子也不可能了，那必死无疑，肯定会被剁碎了拌在宠物猫的饲料里。

逃跑的话也不现实，整个北半球尚能运作的航天港都在卢卡侯爵的控制之下，我也不是做特工的料，想浑水摸鱼潜进去恐怕只会暴露得更快。如果说要去南半球，光是搞一个假身份就很难，万一被叛军发现我曾是侯爵的顾问，下场多半也是变成饺子馅。

在浑浑噩噩与不知所措中，我在法迪安又待了两天。随后侯爵的卫队找到了我，让我赶紧回宫——看他们急切却又带着敬意的样子，不像是打算把我拉去喂猫。

见到卢卡的时候，他正在军情室里聆听简报，我虽不懂军事，但看地图上红红绿绿的标记，战况应该还挺激烈。

"我的人报告说信鸽不见了，"侯爵放下烟斗，朝我吐出一个烟圈，"你是干了什么坏事把她惹恼了吗？"

也许是因为难以捉摸的关系，侯爵面无表情的样子，反而让人觉得更为可怕。我在心里数了几遍一二三四五之后，试着把整个事情的来龙去脉解释了一下，讲着讲着就连自己也觉得是在胡说八道，不禁冷汗直冒地看了看那只趴在侯爵大腿上的肥猫。

卢卡长长地叹了一口气，若有所思地保持沉默，甚至连军官们都放下了手中的活儿，一起紧张地看向他。

"我年轻时听老矿工们说过，信鸽不会被任何现世的东西打动——财富、权力、名望，在她们眼里一钱不值。她们也不惧威胁不畏暴力，就像活在虚拟世界里的数码人一样，对生死都没什么概念。"侯爵面色凝重地道，"能让她们约定去做一件事，我还真是闻所未闻呢。"

他最后这声拉长的"呢"让我有种不好的预感。

"你去赴约吧，过程都记录下来，把候鸟晶片给我带回来就行。明早首都航天港那边，有三艘货船要升空，你随便挑一艘，我会给你批条子的……"看到我还有些犹豫，他又朝地图挥了挥手，"叛匪从军火贩子那里搞来了一大批货，这里很快就会变得闹腾起来。放心，我死不了，外务顾问的职位，会给你好好留着的。"

就这样，我莫名其妙地又一次踏上了旅程，前往又一个陌生的世界。

出于为卢卡侯爵保密的原因，在克罗深渊待的这些年里，我不曾存下一块完整的晶片，由于长期没有交货，企业的联络员觉得我肯定是已经死在某个矿坑里了。

按照联络员提供的资料，安平是一颗农业发达却人烟稀少的行星，这还挺反常的——通常便于工业化种植的地方，都是春暖花开的宜居之处，就算吸引不了移民，起码也应该是游客们向往的好去处，问题是连我这样的候鸟都未曾听过，说明这个鬼地方一定是鬼得相当可以。

当顶着严重的休眠反应走下货船时,我一下就明白问题出在哪儿了——这颗星球也太热了,而且是夹杂着绵绵细雨的那种湿热,感觉就像是在蒸一场永不停息的桑拿。

空气中含氧量也很高,到处都是巨大高壮的植物,还散发着臭鱼烂虾似的恶臭,简直到了需要戴防毒面具的程度。看到我头晕目眩的惨相,入境检疫处的老哥提议我去做个本地化改造——不仅能够在炎热的天气下活蹦乱跳,还能调节大脑对气味的反应,极端情况下,还可以用数值而非感受来替代嗅觉。

彼时彼地的我,确实已经更换了相当一部分身体器官,其中有些还是昂贵的永备固件,但职业道德又让我不能放弃任何感官——无论恶臭还是酷热,身为候鸟的我都有义务忠实地记录下来。

权衡再三,我买了口罩和雨披,爬上了通往乐园谷的飞机——那是一架装着活塞式发动机的老古董,却配了一座从军用登陆艇上拆下来的小型反应堆,可以一口气绕安平星飞上个三五十圈不停。

乐园谷其实是一座湖——它被高耸的群山簇拥,居民住在平坦宽阔的南岸,过着种草吃鱼的质朴生活。我不确定小旋说的两年是银河标准年还是安平本地年——虽然这两者相差也不算太多,所以也不清楚她到底会何时抵达。在研究了一下地形之后,我决定在湖边租个棚子,一边享受惬意的垂钓,一边等待不知什么时候会出现的怪丫头。

可万万没想到,被等的人竟然是我——遇到小旋的时候,她正戴着透明的呼吸面罩，在一间木质的树屋里给小孩子们念书。

"嗨！"我装出一副"早知道你在这儿了"的架势，故作潇洒地斜靠在树屋的门框边，"那个……你好啊，什么时候到的？"

她看向我的第一眼有些奇怪，就像见到了素未谋面的陌生人，但很快就悟到了什么，轻轻放下手中的书，站起身来："唔，我来这里，就是为了等你，对吧？"

"你是怎么过来的？我查过航班表，这两年从克罗深渊到安平的货船只有一艘——我坐的那艘，而你不可能在船上。"

小旋摘下面罩，蹙眉干咳了两声，这时我才发觉，她与两年前相比有些不一样了——五官好像分开了一点，腮帮子上的肉似乎多了些许，其他地方嘛，看着也更有女人的模样了。

"在船上？"她显得有些惊讶，"我约了你在这里见面，却没告诉过你到底是怎么回事吗？我们当时是怎么约定的来着？"

我不无疑惑地调出晶片中的记忆："我们当时在法迪安城的广场上，成百上千的人在那里跳曼卡卡舞，你说你是信鸽，我不相信，于是你就要让我见证你的离去，约好了两年后在这里相会，然后你突然就消失了，我什么东西都没见证到。"

"哦，原来如此。要你见证的东西，不在广场上呀，在这里，"小旋抬起双臂，"也就是，此时此地的我。"

"你？"

"不，不是我，"她微笑着又强调了一遍，"是此时此地的我。"

我隐隐约约明白了她的意思——既然从克罗深渊到安平的飞船只有一艘,而小旋又不在上面,那她到底是用什么办法在此时来到此地的呢?

"所以你……真的是信鸽?"我摸了摸下巴,"你真的能在行星之间旅行?比超泡引擎还快?"

"比任何东西都快。"小旋点点头,"我只需要一瞬间,谁也不会在意的一瞬间。现在,你完成了见证,接下来呢?那时候我们还有约定别的什么东西吗?"

"那倒没有,只是……"我和她对视了几秒,"等一下,你是记不得我了吗?还有在克罗深渊和我一起旅行的事?"

"一起旅行?"小旋面带歉意地笑道,"那不好意思哦,现在的我,肯定是已经把你忘了。我循着人与人的思念而行,在星际间穿梭,这也是我唯一能记住的东西,除了它们,所有的一切都会随着每次的离去而烟消云散,记不住,亦带不走。"

"什么呀?你要是不记得我了,又怎么能知道在乐园谷这里同我见面?"

"那啊……"小旋挠了挠头,"又是另一回事了,你可以理解成,信鸽们使用一种类似铁路的运输系统,每次出发前必须得先定好时刻表。我在克罗深渊同你相约之时,就在时刻表上留下了记号,告诉后来的我要在乐园谷这里等待两个月。"

"那你在这儿等了我多久?"

小旋看了一眼簇拥在她身旁的孩童们："没多久，十来天而已。"

"那接下来呢？你还得按时刻表在这里待满一个半月，是这个意思吗？"

"这里倒也挺不错的……"她低下头，顿了顿，"但不用，时刻表只是打个比方而已，我并不受它的制约，而现在嘛，如果先生您没有什么别的问题，我就应该动身去做正事了……"她摸了摸身旁孩童的小脑袋，"咱们有缘再会吧。"

"别呀！"我有些着急地拦住她，"你说的正事，是什么意思？"

"还能是什么？当然是送信咯。"

"送信？在安平这里？"

"准确地说，是收集思念，然后传递思念，周而复始，直至在最后一次的终焉之旅中泯灭，这就是信鸽存在的意义，是我们的宿命……"

看着她像是在背书似的认真模样，我忍住了笑："好好好，宿命宿命，嗯，我知道了，那你们这个工资是怎么算的？"

"工资？什么工资？"

"就是说，你们信鸽靠什么生活？养家糊口之类的，总归是要花钱的吧？"

"吃饭穿衣，人们自然会为我准备妥当，不用花钱。"小旋顺手从桌上捧起一只瓷杯，递到我面前——里面盛着紫红色的液体，看起来不像是什么健康饮品，"尝尝呗，这是本地最好的酒，据说只有在结婚时才会拿出来分享。"

我接过瓷杯,并没有打算喝:"那其他的东西呢,比如,嗯,个人生活呢?亲情,友情,家庭?股票,房产?"

"这些……"小旋显得很是不解,"我记不住又带不走的这一切,要它们来做什么呢?"

我"啧"了一声——她的逻辑似乎没什么毛病。"那,你总该有点爱好什么的吧?只要是个大活人,肯定会有点爱好的吧?"

"有,只是每次可能都不一样,比如——"小旋用手背轻抚摊在桌上的书页,"这一次,是给小孩子们讲故事;下一次,是在广袤的草原上徜徉。"她想起了什么似的顿了顿,"我认识你的那一次,是有什么爱好来着?"

这还真把我给问住了——当年在克罗深渊,她似乎对许多东西都抱有兴趣,但又不曾表现出什么明显的爱好,乐于尝试又从不留恋……老实说,和我这样的候鸟还挺像。对,就是很像,这让我突然有了答案。

"我猜……应该是旅行。"

但在说出口后,我又觉得有些不妥——如果她真是传说中的信鸽,那旅行就不是什么爱好,而应该是生命的全部才对。

"真的吗?"没承想,这个回答让小旋激动了起来,"那很棒啊!一定是因为遇到了什么特别不寻常的事,我才会喜欢上旅行。或者……遇到了某个特别不寻常的人……"她狡黠地笑着,用余光扫了我一眼,"会是你吗?"

不……看着她闪烁的双眼和俏皮的神情,我对自己说,你才是那个特别不寻常的人吧!

与小旋重逢的那天,我一整晚都没睡,在刚买来的所谓《最新版银河百科指南》中搜索关于信鸽的所有资料:这其实是一个非常古老的、早已不用的词汇,用来形容一种为人送信的小动物,长有翅膀,娇小玲珑……和小旋给人的感觉还挺契合。但除此以外,一丁点有价值的东西都没找到,即便在号称是由"通天阁学术研讨协会吐血推荐"的权威资料库中,也完全没有记载说这世上有一个职业或者人种叫作信鸽,更不要提什么穿梭星际间的超能力了。

不对,说超能力已经是种贬损了,信鸽的能力如果属实——就算它们会不断失忆,光是能随时随地在不同世界传递消息这一点,就足以颠覆整个已知世界的秩序,一定会有数不清的政权、企业或者组织试图控制这种力量。

在我整理晶片的时候,心头突然有了一个假设——也许信鸽只是流传在偏远地区的民间信仰,还没有被那些不问百姓疾苦的人上人当真,就算当真了吧,有心想一探究竟的时候,能像卢卡侯爵那样碰巧遇上小旋的机会,肯定也是可遇而不可求。茫茫星海,要主动去寻找一个能够随时消失的人,想想就是一件不切实际的事情。

也就是说，如果我能记录下和信鸽一起旅行的经历，那么这就不只是一块普通的候鸟晶片，而是兼具学术与纪念价值的……前无古人之杰作啊！

带着如是的功利心，我提出了和小旋在安平星同行的要求，她欣然应允，没有丝毫犹豫——痛快得反而让我有些狐疑。

"你总是这么轻信别人吗？"

"有什么关系？"她反问。

"万一遇到了坏人怎么办？"

"肯定是遇到过呀，但又有什么关系？"她笑道，"反正我也记不住。"

我们俩乘着笨重粗犷但速度奇快的本地公交车，开始穿乡越野，走过一个又一个城镇，大的小的，富的穷的，农田工地，广场公园，有些地方门庭若市，有些地方门可罗雀，根本就毫无规律可循。路遇的绝大多数人都不认识小旋，但总有几个地方，总有那么一些人，对她顶礼膜拜，就像在法迪安城时那样，献上供品与礼金，提供食物与住所。我对她为什么能准确地找到这些信徒十分好奇，但她的回答却是轻描淡写——仍旧是那番关于循着思念而行的奇谈怪论，她每次讲得都那么认真，弄得我都有点想相信了。

但是渐渐地，我意识到小旋说的思念与我所理解的思念完全不是一种东西——她总是很耐心地聆听每一位倾诉者的话语，其中的一些确实十万火急，像是临终遗言、真情告白之类，而另外一些则

信 鸽

相当无趣无聊，完全是鸡毛蒜皮、家长里短。如果说思念有强弱之分的话，那小旋的标准一定相当异常，有时候一句简单的问候就能让她面色凝重，有时候一家人声嘶力竭的哭喊却无法引起她丝毫兴趣……如果我的观察没错，她对思念的感应更接近于一种感官本能，不带任何感情色彩，就像是闻到了佳酿的酒鬼，或者更贴切点——像是闻到了血腥味的猎犬。

安平星的农业发达，人口不多还不集中，定居点散落在宽广平坦的大地上，有时候连续行驶好几个小时，都见不到任何有人类生存的迹象。在一片烟雨朦胧的丛林中央，我们的公交车抛锚了，当时正值黄昏，老旧的维修机器人在卖力工作，发出近乎呻吟的轰鸣与阵阵黑烟。我和小旋坐在车顶，一边欣赏那正在积雨云边缘打滚的夕阳，一边啃着又冷又硬的蛋饼。她胃口极佳，对任何食物都不挑剔，似乎也分不出什么好坏，花重金请她吃的银爪大闸蟹，所得到的评价也不过是一句"嗯，不错"，这让我怀疑她是不是根本就没有味觉。

"雨季马上又要开始了，"小旋咽下最后一口蛋饼，"我在这里待得太久啦，造访完下一座神龛之后，就得去其他地方送信了，那里是叫勋马还是熏马来着？名字很难念。"

"你说的应该是迅马吧？玄武星区的迅马，云端联合国的首都，至少我听说时还是。它离这里得有十光年，用安平这边最快的飞船过去，也要三年左右。"我笑道，"不过这对你根本不是什么问题吧？"

"你,"小旋把玩着头发,避开我的视线道,"能到那儿找我吗?"

"到哪儿?迅马?为什么?"我觉得自己问错了话,重新组织了一下语言,"你根本记不住我吧?去找你的话,不是又得重新认识一遍?"

"是啊,不过……"她笑了起来,轻轻拍了拍手掌,像是想到了什么开心之事的小孩子,"想来,那一定会很有趣,对吧?"

"有趣?"

"嗯,有趣。"

"说得简单,"我苦笑道,"你是信鸽,去迅马也就是一眨眼的工夫,我可是要找船买票,花去三年在路上漂。"

"对呀!所以这才有趣嘛!"

我糊涂了:"敢问,这有趣在哪儿?"

"就像是捉迷藏,"她比画道,"在银河系里捉迷藏,我能到处跑却不知道是谁在找我,而你呢,知道要找谁却又跑不快追不上,这难道还不有趣吗?"

"这……"

小旋的脸上露出了前所未见的表情,那是喜悦——无论是欣赏美景还是被信徒们簇拥膜拜时,都不曾拥有过的喜悦。

也许,她是真的喜欢捉迷藏吧。

到迅马星的旅程算是一帆风顺,但如果不是要按约定去找到小旋，我可能根本就不会离开航天港。

能相信吗？这里竟然要打仗了，而且还是在抵御外星侵略者。

历史悠久的云端联合国屹立未倒，不过，一支充满敌意的大舰队正在缓缓逼近，听说它来自邻近星区的某个超级帝国，时代可真是变了啊，现在竟然出现了愿意发动跨恒星系战争的势力——想象一下，兴师动众远征一个遥远的世界，从入侵之初到最终分出胜负，每次冲突都是背水一战，而防守方却能够以逸待劳，拥有几年甚至几十年的时间来组织军队、部署防御。有这个人力物力和闲工夫，在自己老家做点什么不行啊？非得大老远过来，到别人的星球上杀人放火？

总之，迅马星上完全是一副黑云压城城欲摧的态势，备战的备战，跑路的跑路，等死的等死，明明敌人还在五光年之外，却仿佛明天就是世界末日。

这一次，轮到我在一座大洋深处的孤岛上惴惴不安地等待小旋了——我明知道自己比约定时间早到了半年，但还是在每天日出的时候前往供奉信鸽的神龛，眼巴巴地盯着水面，然后失望而归。

直到约好的那一天，她分秒不差地准时出现，穿着早已准备在池塘边的衣袍，湿润的长发披在肩头，如同刚刚出浴的仙女。小旋最初以为我是这里的信徒，但在听我说出三年前一起去过安平星后，便立即相信了我所说的一切。

"所以说……你是我的丈夫吗？"

我看着她一脸严肃、瞪大双眼的模样，不禁乐了起来："当然不是，为什么这么问？"

"因为如果你说'是'的话，"小旋点着手指，认真地道，"我会相信的。"

"然后呢？"

"然后？然后我只能说'对不起'，"她嘟着嘴巴，耸了耸肩，"无论我们经历过什么山盟海誓，现在的我已经完全把你给忘了，还是就此分别吧。没办法，我必须继续我的旅途，这是信鸽的宿命，也是我们存在于世的唯一意义。"

"行了行了，宿命什么的，都听你讲过好几次了。不过……"我斟酌着用词，"所以你，以前曾有一个丈夫？"

"也许不止一个，"小旋摸了一下自己的侧脸，"也许一个都没有，我这个年纪，结不结婚都很正常吧？"

她的这句话倒是提醒了我——与在安平星上见面时相比，小旋看起来明显有了变化，头发长了、个头高了不说，身段也变得更加婀娜，已经完全是成年女子的模样了。这让我很是吃惊——我原本以为信鸽是长生不老的妖精呢。

"你也是……会变老的吗？"我顿了顿，连忙改口，"我是说，会长大？"

"怎么说呢，"她挠了挠额头，"我的生命不属于这里，不属于你们的世界，因此我的年纪也不遵循这个世界的法则，只是，我当然会长大，会变老，每一次旅行，都是向无可避免的终点迈进，最终会有那么一天，我知道自己的寿命将尽，便会开始最后一趟旅程，也就是终焉之旅。"

"寿命将尽？"我不解地道，"现代人单凭改良过的基因，少说也能活个三五百年吧，更不要说还有各种续命的手段，"我指着自己的腰部，"没钱的话，可以先从更换人造器官开始，比如……"

"没用的，那些都是身外之物，"小旋摇摇手，"就算是植入内部，与我融为一体，只要不是我从娘胎里带出来的东西，我都没法带走，离去的时候，全部会留在原地，就和衣服、钱财什么的一样。"

我欲言又止，犹豫着是应该出言安慰还是表达钦佩。这世上有很多人愿意为了理想、信仰或是责任放弃永生，也有不少人因为贫穷、意外或者暴力而被迫赴死，我不知道小旋到底应该算是哪一种。

但有一点我可以肯定，她绝对是不怕死的——在这随时有可能遭到超远程动能打击的迅马星上，她依然坚持递送完了所有口信，然后一如之前，与我相约了下次见面的时间地点，继续这场被她认为是捉迷藏的荒唐游戏。

在并不算长的六十年里，我在玄武和阿卡迪安星区之间穿行了两轮。对我而言，其中的绝大多数时光都在静滞舱中休眠，而小旋的成长却并未停下——虽然十分缓慢，但她的身姿确实在发生变化，从含苞待放到窈窕端庄，唯一不变的，是那对永远明亮的双眼，仿佛从未沾染过世间的阴霾尘埃。

在我身为候鸟的职业生涯中，从未经历过如此高强度的连续旅行，为了抵挡长期休眠的副作用，我陆陆续续地更换了几乎所有重要器官；反正它们也已经老旧不堪，随时可能歇火。

但反复经受超泡引擎的折腾也并非毫无价值，在六十年中，我去了许多之前未曾去过、将来也不打算去的景点——而且还是与一位美女结伴同行，这让我的晶片销量大涨。

被富含放射性物质的彗星撞击过的罗姆湖泽，在月色下闪烁着翡翠般幽亮纯美的光，我和小旋穿着厚重的防护服，走过湖边的浅滩，每前进一步，都有无数萤火虫一样的生物从地面跃起，于我们身边翻飞起舞。

终年飘雪的锈银森林，在外来真菌的入侵下，现出一副天白地蓝的怪象，仿佛原始人用天然颜料做的信手涂鸦。小旋拿着猎枪，在我的指引下射击那些会走路的有害灌木，鲜绿的汁水在空中四散飞溅，又迅速化作寒风中的薄雾。

矗立着醒灵教圣殿的猩红沙漠，在盛夏的晨光中渐渐展露出全貌，那些于第二次精炼战争中残留的自动机兵，从沙砾中探出奇形怪状的躯壳，不断寻觅着彼此，互殴、撤退、修复，周而复始，完全无视周遭的游人与朝圣者，也完全无视近在咫尺的我和小旋，自顾自地继续着那场早已结束千年的进击。

为了对付不同星球的诡异环境，小旋有时会在当地进行一些适应性的身体改造——比如呼吸过滤、皮下恒温之类。可下一次再见

信 鸽

时，整个人又会恢复原样，哪怕换过心肝都不会留下任何痕迹。

她对自己以前留下的影像没有任何兴趣，也总是避开关于身世、经历之类的话题——无论是她本人的还是其他人的。只有一次，她坐在海边的巨石上，摘下面罩，深吸了一口充满有害微生物的海风，想起什么似的眨了眨眼睛："你老家，是在哪儿？"

我清了清嗓子，有些犹豫："盖亚兰。"

她略作思索，突然想起了什么，激动得像是要跳起来一样："哦哦！盖亚兰！我知道！就是地球吧！听说那里是人类的故乡啊！今时今日的整个文明世界，全部都是从那里来的呀！"

我本打算解释说真正的盖亚兰是如何破败拥挤又毫无乐趣，但想想自己也已经快有三百年没回家看过了，说不定那里早就今非昔比，便勉为其难地点了点头。

"那就这么决定啦！"她自说自话地拍了拍手，猛烈地咳嗽了两声——显然，微生物已经在侵蚀她的呼吸系统了，"我们下次就在盖亚兰见吧。"

"不行不行！"我摇了摇头，"那里太远了，从这里出发的话，可能要四十年，不，没有直达的航线，可能得要六十年才能到啊！我们还是……"

"那就约六十个标准年后再相见呗。"她自作主张地欢笑道，"盖亚兰上只有一个信鸽的神龛，不难找的。"

我往大海的方向望了一眼，发出一声绵长的轻叹："你是不知道，我老家那鬼地方啊，到处都是人山人海，要找到你可不容易，我们还是换……"

再回首时，小旋已经不见了踪影，长雨披和面罩一并落在了巨石上，上面湿漉漉的，摊着一块还在运作的人工肺，发出微微嗡鸣。

早在我离开故乡之前，盖亚兰就已经道尽途穷，全然担不起人类母星之名。它的经济萎靡不振，人口不断流失，居民越来越懒，东西越来越贵，所谓"投资不进太阳系"，稍微有点追求的人，都会绞尽脑汁，砸锅卖铁，凑钱跑路。

虽然已经有了心理准备，但当真来到盖亚兰轨道时，我还是被眼前的景象给吓坏了——原先密如渔网的万家灯火，现在只剩下零零星星的光点，散落在漆黑幽冷的大陆上。

"这……这是怎么回事？"我忙问领航的老船员——他已经在太阳系周边的航线上跑了大半辈子了。

"这就说来话长咯！"

那确实是一个很长的故事，跌宕起伏，催人泪下，但剔除具体细节之后又变得非常简单——不满的人民发动政变，推翻了政府，新上台的统治者奋斗了没三天就开始腐败堕落，于是周而复始……高层忙于内斗争权，底层沉迷于廉价娱乐，整颗行星就在如此这般的恶性循环中螺旋式崩坏。

信 鸽

原本只有身体与精神都达到极限，对现世彻底厌倦之人，才会选择将意识上传，在虚拟世界中醉生梦死，变成所谓的数码人，但由于根本看不到希望，盖亚兰上的绝大部分平民都选择了这种终极的逃避模式，富人跑路之后，整个星球便只剩下一座座仿如巨型墓碑的数据中心，以及维持这些设备运转的自动机械。

航天港安静得让人觉得有些不自然，乍看上去就像是老派恐怖片中的场景。当漫步在故乡的街道上时，我简直不敢相信这里曾是这个恒星系的首府——到处都空空荡荡，无论店铺、办公楼还是民居，全都不见人影，扫描过去时，只有"待售"的字样在闪烁，价格便宜到基本可以算是倒贴。

我和小旋约好了在我读大学的地方见面，我原本以为那里再荒凉，最差也应该是个废楼遗迹什么的，但没想到在坐标的位置上，竟然是一座大湖——边缘相当规整，八成是哪场内战炸出来的弹坑。

不过衰落也并非完全是坏事——至少交通与出行变得非常省心，我趁着这个机会，与小旋去盖亚兰上最出名的几个大都市转了一圈——纽约、上海、伦敦、伊斯坦布尔……它们大同小异，空有壮丽的大厦、炫美的灯火、繁复的基建，唯独缺少享用和欣赏这一切的居民。它们只不过是辉煌历史的倒影，表面越是风光华美，看着越是扼腕心酸。

这也是我第一次在小旋脸上看到了一丝微微的惊恐——她茫然地望着楼宇丛林，对那些连我都没有见过的新式娱乐设备毫无兴趣，却总是嘟囔着"什么也感觉不到嘛"之类的话语，当我追问之时，她却又用不知是悲伤还是怜悯的眼神看向我，反问道："为什么连你都没有思念呢？这不是你的故乡吗？你的父母呢？你完全不想他们的吗？"

我本来就不是一个恋家的人，在做了这么多年的候鸟之后，更是习惯了千里独行，早就不奢望什么亲人的思念了……不过小旋的话还是让我连着好几天辗转反侧，我本不打算去跑亲戚，准备偷偷地来，悄悄地走，但最终还是决定回去看看，看看他们到底怎么样了。

"什么？你是要……"她眉头一紧，坏笑道，"带我去见你的父母？"

"别胡思乱想，"我回道，"就是要证明一下，我还是有人念叨的。"

在形同迷宫的官僚系统中摸爬滚打了整整两天之后，我总算是理清了家里人的下落，或者说，是结局——大约两百年前，父亲在一次抢险任务中因公殉职，而母亲心灰意冷，将意识上传，和父亲的人格备份一起，住进了一座被称为"净土"的巨型数据中心。

我们抵达净土的时候，阴冷的天空中下起了蒙蒙细雨，地面上响着悠扬而诡异的音乐，听上去很像葬礼上使用的曲子……有一说一，还真是挺应景的。

净土比一般的数据中心还要巨大，外形如同一座纯黑色的金字塔。在查询系统中,我找到了母亲的名字以及另外数以万计的同名者。由于年代久远,又经历了好几届政府,背景资料已经乱成一团。我按照管理系统的提示,试着把自己年少时的经历编辑成简易的数据流,注入净土,但这个操作同样没有得到任何回应,石沉大海。

"或许令堂并不想见你,我们还可以提供付费留言服务。"我倒希望管理系统的这个判断是正确的,但实际上,在进行安乐死并转化成数码人之后,意识是否还能保持原样,本身就是一个古典哲学式的无解悖论,更不要说母亲已经在虚拟世界中度过了两个世纪之久——中途竟然还停过几次电,记忆与人格可能早就变得连她自己都不认识了吧?

同样怅然若失的,还有在金字塔前驻足的小旋:"明明阳寿未尽,人为什么要放弃生命呢?"

"意识上传不算是放弃生命,"我解释道,"而是选择变成数码人,以另一种方式活着,可以永享幸福快乐。你可以理解成是,嗯……去了天堂。"

"唔……"小旋似懂非懂地点了点头,"但是,去天堂这种事情,不就是死后才会发生的吗?"

啕,还真是精辟。

尽管很礼貌地小心掩饰着,我还是能看出小旋对盖亚兰之行已经愈发失望。更何况对现在的她而言,我只是个才认识没多久的陌生人,继续拖着她一起,走访那些千篇一律、如空壳一般的大都市,不仅毫无乐趣,也十分尴尬。

"不如,去月球吧?"我指着夜空,提议道,"看,就是那颗卫星,咱们坐豪华游轮过去。"

"卫星?"小旋嘟了嘟嘴,"看上去没啥意思。不过……这豪华游轮听起来还不错。"

"那好办。"

我买了两张价格惊人的船票,从地球出发,走马观花地游历整个太阳系。船上的人很少,基本都是来自其他星区的游客,一些高档的娱乐设施与餐饮,简直就像是专门在为我们俩服务……可惜小旋所剩的时间不多,她并未完成周游星系之旅,在金星轨道上的酒会中途,她约好了下一次会面的细节,便于轻歌曼舞之中匆匆离去,留下我一人继续那还剩下两周的奢华旅行。

我站在巨大的观景台前,就着金星自斟自饮,一位看起来有些疲惫的矮瘦老者突然过来搭讪。

"你手里的裙子……是你女伴的吧?"

我下意识地看了一眼搭在小臂上的白色长裙:"呃……嗯。"

"她人呢?"

"她,有点不舒服,回房休息去了。"我警觉地反问道,"请问您是?"

老者像是在惋惜什么一般,轻叹了一口气:"她们总是这样的,来去匆匆，连遮体的衣物都不愿带走。"

"她们？你在说什么啊？"

老者向我伸出左手，"幸会，我是费米联盟的高阶研究主管阿兰博士，你可以认为我是……研究信鸽的专家。"

从在安平星上送出第一块晶片时起，我就猜到会有人对我和小旋的旅程感兴趣，但怎么也没想到，最后找上门来的，竟然是真正的科学家。我以为他们根本不会相信这种毫无逻辑的星际怪谈呢。

"是不相信。"阿兰博士向我解释道，"我利用职权，背着费米联盟的管理层，挪用了其他项目的资金，才启动了对信鸽的研究。"

"那……你为什么要这么做？"

"因为，"他低下头，神色有些消沉，"我亲眼见过一个信鸽，那是很多很多年以前的事情了。"

"你看到她从你面前消失了？"

"怎么说呢？"阿兰搓了搓手，"她和当地人起了一点冲突，被打了一枪，正中胸口，但几秒钟后，尸体突然消失不见了。我原本以为她是被谁拖出去埋了，但没想到才过几天，她又出现在了那个小镇里，就像什么也没发生过一样，继续做她之前未做完的事。"

"她未做完的事是指？"

"送信，"阿兰苦笑道，"你敢相信吗？一个在我面前凭空消失、死而复生的人，唯一想做的、在做的、能做的事，竟然是送信。"

"哈哈哈哈，确实，她们干点什么不好……"我也笑了起来——他的这个疑问，恐怕也是常人不愿意相信信鸽存在的最大原因了。

"从那天之后，我就迷恋上了信鸽这种生物，下定决心要将她们研究透彻，但是……"阿兰用力摇了摇头，"相信你也已经知道了，信鸽们神出鬼没，倾心于那些偏僻、落后、人烟稀少的地区，在茫茫星海中，要撞上一个的概率实在是可以忽略不计。就算听说哪里出现了信鸽，再赶过去肯定也来不及了。"

"嗯嗯，这我懂……"我忍住笑，"那么你的这个研究该不会是一点进展都没有吧？"

"倒是收集了一些信息，都是从那些与信鸽有过交集的人嘴里。然后再进行一些理论分析……唉，谈不上什么实质性的进展，聊胜于无吧。"他应该是品出了我的调侃，语气像不服输的小孩子那样强硬了起来，"根据我的推算，在这个星系中，信鸽的数量是恒定不变的，扩建殖民地只会不断降低她们拜访某个地点的频率……你知道这意味着什么吗？"

"意味着……你要找到她们越来越不容易了？"

"不——"阿兰认真地摆了摆手，"这意味着，要么她们并不遵循一般生物的繁殖逻辑，要么就是在严格执行某种计划生育。"

我回想了一下，在我和小旋接触的岁月里，她好像是没有做过任何与繁殖沾边的事情……

"我做了一些推理，不过，如果不能得到一个信鸽的确认，那它们都毫无意义……"阿兰转过身,突然搭住我的肩膀,"你那位信鸽女朋友,我想要和她见一面,好好谈一谈。"

"什么女朋友?"我轻轻掸开他的手,"我们每次最多也就只能认识几个月而已,她记不住我的。"

"几个月还不够?"阿兰笑着指了指窗外,"火星独立战争也就打了三个月而已,死了五十亿人……我看过你的晶片,你和她的关系非比寻常——与信鸽约定去一个地方并不算很稀奇,但像你这样,续约了好几次的人,却是绝无仅有。"

续约这个词还真是贴切:"嗯,每次都要重新取得她的信任,是挺费劲的。"

"不光是信鸽的信任,履约者在花费了几十年的旅程之后,遇到了一个完全不解风情的陌生人,想想看,这得多扫兴?"他一脸严肃地拍了拍我的胳膊,"也就是说,你和那个信鸽,必须每一次都看上对方、信任对方才行,这是什么?这简直就是真爱啊!"

我非常肯定自己并不喜欢小旋,但晶片确实又能记录下我的心情,所以……不能否认,也许在某个瞬间,我对她的某个笑容感到了些许心动,嗯,这也是人之常情嘛。

"嘀,行吧,就当是真爱好了,那你想干什么?"我摊了摊手,"要编一个爱情故事吗?研究信鸽怎么繁殖吗?"

"不不不!我就只想和她谈一谈,真的——"阿兰突然亢奋起来,"你什么都不用做,只需要告诉我你们下一次会在哪里见面、什么时候见面就可以了。"

"这……"

"当然，我会付你钱，一大笔钱，或是任何你想要的报偿，定金马上就可以到账。"

他漫不经心地报了个数字，那着实是相当大的一笔钱，但这反而让我不安起来——什么都不用做，就能赚到忙碌几十年也不一定能搞到的巨款？天下能有这样的好事？我反正是不信。

"你是……本地人吧？我是说，盖亚兰人？"对方明显也看出了我的迟疑，"你觉得你的故乡，我们所有人的母星，现在怎么样？"

我下意识地望向盖亚兰的位置——虽然它现在只是星空中无数小小亮点里的一个，"不太好，感觉吧，已经没啥希望了。"

"像盖亚兰这样的地方，科学界有个术语，叫它们'死寂世界'。"阿兰仰起头，轻轻叹了一口气，"在人类历史上，经济停滞发生过无数次，拯救我们的不外乎三条路——战争，殖民，科技。但现在，科技在'大瓶颈'中裹足不前，而向外扩张的道路，被残酷的物理法则死死缠住。"他做了一个握紧双拳的手势，咬牙切齿，"动辄几十年的漫长旅程和巨大的运输成本，扼杀了一切经济活力。文明世界越是庞大，中心地带就越是一潭死水，像地球这样的死寂世界，以后只会越来越多。"

"所以呢？你们把拯救银河系经济的希望寄托在一个送信的姑娘身上？"

· 信 鸽 ·

"我是一个唯物主义者,让信鸽在行星间瞬间移动的,一定是科学而非魔法,哪怕这个科学并不能拯救谁,只要让我知道她是怎么回事就好。"

他露出了小孩子一般热切的眼神,让我不禁想起了费米联盟的宣传口号:"唯有科学,无远弗届。"

我决定给这句话一个机会。

小旋与我相约的地点,在扎利安的夜之荒原。这是一颗被太阳潮汐锁定的类地行星,只有一条细小的环带适宜人类居住——一条四季如春、美如天堂的细小环带。

而夜之荒原,顾名思义,位于扎利安的背阴面,一个刚好能在地平线边缘看到环带微光的荒漠,就像是永远停在了黎明前的一刹那。也正因为此,这里的风景比环带本身还要好,再加上始终萦绕在半空中的萤火蚊,让这里成为整个银河系中最浪漫的景点之一。

只不过,扎利安的位置偏僻,而且除了名贵食材和天然药物,没有任何像样的产出,所以始终乏人问津,夜之荒原的美名,只有靠像我这样的候鸟来传诵。

航天港简陋得就像木头棚子,连基本的港务记录都是一团糨糊,我没法确定阿兰博士到底来没来,但管他呢,反正我已经拿到定金了。

而小旋从不失约——她裹着一身严严实实的藏青色长袍,坐在弥漫着雾气的池塘边，年迈的捕虾人在她身旁哼着听不懂的歌谣，喜笑颜开。

"他在唱什么呢？"

"听不懂呀，口音太重了。"

"那你还和他聊这么久？"

"因为，"小旋轻轻拉了一下沾了一点水的袍摆，"我以为他是你。"

"哦？"我笑道，"那你知道我是谁吗？"

"不，"她仰起头，一脸认真，"但我既然能来，说明，你至少是个值得重逢的好人。"

由于找不到阿兰，我便随小旋在夜之荒原游荡。这地方比传闻中还要静谧绝美，却没有想象中那么落寞荒凉，有不少人家散落其上，种着蘑菇捕着虾，房屋大多是就地取材，造得别具一番风情。还有几座富丽堂皇的庄园，可能是为那些前来养老的富人所准备。

小旋还是一如既往，钟情于那些在常人看来完全是犄角旮旯的小定居点，其中还有一小群邪教分子——在身上种蘑菇的那种怪人，他们偷偷摸摸地想要把我给献祭了，幸好小旋起得早，及时把我从烤架上给救了下来。我是真想不通，为何整个银河的人都对她这么友好。

在一座不知是为纪念谁而竖立的方尖碑前，我们应邀参加了一场当地人的婚礼。新郎新娘在绚丽的烟花中相拥接吻，亲朋则各寻队伍跳起了舞。

"咦？这是……"我有些惊讶，"曼卡卡舞？这么巧？"

"什么巧？"小旋一边嚼着对虾，一边问道。

我欲言又止："没什么。"继而指了指人群，"这个曼卡卡舞，很简单的，想不想学？我教你。"

"我！"兴奋在她脸上只维持了一瞬，立即就变成了失落，"还是别了吧，现在学会，也没什么用了。"

在小旋诧异的目光下，我忍不住"哈哈哈"地笑了起来，但旋即，一种莫名的忧伤袭上心头——此时的我，已经明白她为何会在当年讲出"现在学会也没什么用了"这种话，而对她来说，我却依旧是个充满了谜的游客。

婚礼的高潮，自然是奢华的露天晚宴——首先这个奢华肯定是按照当地标准，到底是哪一餐也不好确定，但长桌上的烛光让我感觉这应该是晚宴。杯子里的绿色液体，劲儿很大很上头，在主人进行第二轮祝酒的时候，桌前的食客们已然微醺。我虽然拥有整套替换过的人工内脏，但也许是受到了气氛的影响，竟然也有了醉意。

我看向小旋，她轻轻摇晃着手里的酒杯，好像有点心不在焉。

"你应该挺喜欢的吧？像这样的仪式？"

"嗯？"她愣了一下，端起酒杯轻酌了一口，"为什么？我为什么要喜欢？"

"这是婚礼啊，"我笑着，朝新人的方向举杯示意，"应该能感觉到很强的思念才对吧?"

"恰恰相反,抱有思念的人,一旦见到思念的对象,思念就全部消失了。"小旋用手指在杯口画着圈,看向新婚夫妇,若有所思,"而且,你怎么就能确定他们就一定会思念对方呢?"

"呃……"我欲言又止,扫了那对新人一眼,"也对啊。"我顿了顿,"所以说,你的这个思念啊,到底是怎么个东西?能不能给我解释解释?"

"不能,对不起,"小旋抬起头来,露齿而笑,"这位先生,我们并没有熟到那种地步。"

"哦?此话怎讲?"比起她的拒绝,我更好奇她拒绝的理由,"你怎么就知道我们没有熟到那种地步?"

"我应该跟你说过时刻表这个比喻吧?"

"嗯……"我记得第一次听她提到时刻表是在安平星的乐园谷,便花几秒钟调阅了一下晶片,"我看看,说是你们信鸽专用运输系统的……某种记录?"

"对,我查了时刻表,在之前的任何地方,都没有逗留超过一年,所以,无论和谁,都不可能会熟到那种地步。"

"一年……时间,也不短了吧?"我尴尬地干咳了一声,"也可能很熟了呢?"

"不,不会的。"小旋浅笑着摇了摇头,像是老太太在回忆过往一样,慢悠悠地回道,"一年的话啊,我也许会和你成为朋友,也许会成为知己,也许会和你交配,也许呢,会爱上你,同你结婚,嗯,会和你交配。"

"呃,你刚说过交配了。"

"很多次的那种。"

"即便如此,还是不能算作熟到那种地步吗?"

小旋异常认真地应道:"没错,远远不够。"

我皱着眉头,深吸了一口气,向后靠在椅背上:"那到底要怎么样,才能……"

"也许永远不能呢?"小旋抢过话道,"并不是所有的问题都会有答案,并不是所有的门扉都会被打开。你以为你对我已经十分了解,而我却视你为初识的路人,对吧?"她顿了顿,露出一种说不上是悲伤还是哀怨的苦笑,"很可惜,你错了,你对我,根本就一无所知。"

我不想争辩,相反,她的回答让我忽然有种完满的感觉,仿佛一块搁在心头的巨石不见了——并不是落下,而是真的不翼而飞了……是啊,如果注定得不到答案,那还有什么必要再追问下去呢?那个苦苦追寻信鸽真相的人,又不是我啊。

"嗯,挺好。"我长长地出了一口气,如释重负地笑道,"有秘密的人,永远都不会孤独吧。"

"这又不对了,我当然会感到孤独。"小旋抬手过头,望向高举的酒杯,"但是孤独啊,本就是信鸽最忠贞的伴侣。在每次旅行之后，之前的一切都成了过眼云烟，见到的每一个人，遇到的每一件事，一草一木，一沙一花，都是恍若隔世的幻景，就连被思念紧紧缠绕着的话语，对我而言也只是单纯的文字而已。那么，到底有什么东西，是能够确凿无疑伴随我一生的呢？"

"孤独？"

"孤独。"小旋点点头，放下杯子，轻轻抿了一口，"永恒、真实而又绝不会弃我而去的孤独。"她看向我，恢复了之前的笑颜，"嘿，你那是什么表情啊？是在可怜我吗？"

我一时失语："我，没有……"

"人类是一种社会性的群居动物，所以才会觉得孤独值得可怜，但信鸽不一样，即便是没有一个朋友，我们也能安然地度过余生。"

"我知道你有点……不同寻常，但以前我也在医疗中心看过你的体检报告，从基因到器官，都与普通人类完全无异。"

"这又是一个不会得到答案的问题，一扇打不开的门……"她示意似的指了一下我餐盘中的虾，也可能是某种虫子之类的节肢动物，"那个，你不吃的话，能让给我吗？"

活了这么久，我还是第一次听到有女孩子提出这样的要求。嗯，至少在婚宴上没有过，当然，她也可能只是在岔开话题，之前的几番问答，确实让气氛有些尴尬。

"这虾壳冷了，难剥，"我看着她费力的样子，不禁有些想笑，"我来帮你吧。"

·信 鸽·

小旋犹豫了一下，又把餐盘推还给了我，我从中拿起一只虾，抬起视线时，正好与她目光相接，而在同一瞬间，悠扬温婉的音乐在会场上空响起。

"你刚才说……"我稍作停顿，故意让音乐放了一会儿，"你从没有在同一个地方待超过一年，是吧？"

"嗯。"

"那要不要试一次？就在这里，待久一点？"

"那不行啊，我们信鸽还是得尽可能按照时刻表来旅行，大家都不按规矩来的话，就乱套了呀……"

"什么信鸽不信鸽、时刻表不时刻表的，我不知道你到底有多少个同类，但总不至于你一个人偷懒，就会影响到整个系统吧？"

"那倒不会，只是……"小旋露出有些怅然若失的神情，"如果我不为那些等待的人传递思念的话，还能做些什么呢？我要为了什么样的意义而活呢？"

"我看不出这里有什么意义——这些人就算等来了思念，又能如何？对相隔了几百光年的人来说，光有思念，又有什么用？"

"光有思念……不够吗？"她皱起眉头，显得很疑惑，"知道在某个遥远的世界，还有人记着你、牵挂着你，这难道还不够吗？"

我本打算争辩一下思念又不能当饭吃，但立马就放弃了，毕竟我连信鸽们所定义的思念到底是什么都没有搞清楚——它说不定还真能当饭吃。

"那就换个说法吧——不要为了别人,就这一次,从今天开始,只为你自己,活上一年,如何?"

"为……我自己?"就像是完全理解不了我的话一样,小旋茫然地眨了眨眼睛,"为什么要……为我自己?"

这还真把我问住了——小旋连一条属于自己的裙子都没有,毫不夸张地说,完全是一贫如洗,和她讨论"人不为己,天诛地灭"之类的话题,好像根本就没有什么意义。

"不为什么,"我有些不耐烦地摊手耸肩,"你自己不都说了吗?不是每个问题都会有答案,不是每扇门都会被打开,与其纠结那些找不出结局的谜,为何不任性一点,把握现在呢?"

"现在?"

"对,现在——"我张开双臂,重重地向后靠在椅背上,"在这片夜之荒原的现在,在这片无垠星空之下的现在,昏暗的大地,遥远的光明,悠扬的乐曲,美味的食物……扪心自问,你喜欢这里吗?"

"嗯……还行。"

"那你愿意……"

我说着,将剥好的虾轻轻放下,把餐盘慢慢推向小旋。她的嘴角微微一颤,欲言又止,似乎是动摇了。

"留下来吗?"

"还是……"她撩了一下鬓角的发,淡然一笑,"让我把这份虾吃完,再做决定吧!"

"请。"

我优雅地举杯示意,正仰头欲饮时,却透过玻璃,看到远方一道蓝光闪现,脑海中旋即响起了尖厉的狙击警报——有人正在瞄准这边!

我猛然起身,"不好"还没来得及喊出口,闪光便从肩头划过,打翻了餐盘和虾,刺进小旋的心口,她"呜呃"一声向后翻仰,倒在地上。在所有人的惶恐与惊叫中,我一跃跨过餐桌,来到小旋身边。

"小旋!你没事吧?"

没有血迹,也没有伤口,在指尖碰触到肌肤的刹那,传感器跳出了读数——她还活着,只是失去了意识。

巨大的运输机显出身形,悬停在餐桌上方大约三十米的位置,我没有观察到任何引擎的轨迹,它应该是一早就待在那里,只是用了某种隐形手段而已。

在几个荷枪实弹的轻装步兵掩护下,一个熟悉的身影从运输机中缓步而出,他拄着拐杖,似乎比初见时更加苍老萎靡。

"阿兰……博士?"

"你做得很好。"他有些疲惫地咳嗽了一声,"酬劳很快就会打给你。"

"酬……酬劳?"众目睽睽之下,一阵羞愧涌上我的心头,"不……不是酬劳的问题……"我看向倒在我身后的小旋,"她……

你们……你们怎么能这样？"

"放心，这是专门为她设计的远程捕捉技术，不会有事的。"

阿兰的语气，让我觉得他就像是在把小旋当作某种动物。

"远程什么？捕捉？"

"嗯，捕捉——这比你想象中可要困难多了，如果被她察觉，或者不小心要了她的命，一切就都前功尽弃了。"

阿兰冲这边点了点头，两名士兵冲上来，一左一右地架起小旋，我试图阻拦，却被粗暴地一把推开。

"等等！这！"我被迎面抬起的枪口逼退了半步，"这和我们说好的不一样！你明明说只是想和她谈一谈。"

老人抬手示意手下后撤，他仰头长叹了一口气，缓步走到我面前，声音压得很低："不要被她的外表给骗了啊老弟，这东西根本不是人类，只是寄宿在人形皮囊中的妖魔。"

我揣摩着他的用词，难以置信："妖……魔？"

"你知道为什么我们花了这么久才来找你吗？"阿兰望向正被抬上运输机的小旋，"在你与她接触之后，我们一路跟踪，收集她的生物信息——体液，毛发，指纹……所有能够证明身份的东西，想要摸清她的来历。"

他将一块微型晶片塞到我手中，但我犹豫着，并没有打开，"然后呢？你们发现了什么？"

"我们发现，她的基因中含有一组甄别代码，听说过吗？"阿兰自问自答,"那是在象巢联邦内战之后使用的一种身份识别手段,代码利用基因突变本身作为加密手段,独立且唯一,人人不同,通过代码,就能确认这个人的种姓、出身和生理状况。"

"那……小旋的代码是……"

"是'侍奉奴工',"阿兰用手比画了一个似乎是螺旋的形状,"一种低阶的种姓,专门从事各种服务行业,美丽、温柔、善解人意、逆来顺受……但这些都不重要,出现甄别代码这件事本身,就足以说明问题。"

"什么问题?"

"'甄别代码'在母体的子宫中成形,无论克隆、基因剪辑或是其他任何人工手段都无法复制,也就是说,你的小旋,她原本是个人,你明白吗?从娘胎里生下来的、普通得不能再普通不过的人。"

"呵!我和她一起吃喝拉撒了这么久,当然知道她是个人!"

"动动脑子,小老弟!"阿兰点了点自己的脑门,一副恨铁不成钢的语气,"一个理应在餐馆、歌厅或是妓院为别人提供服务的侍奉奴工,为什么会变成现在这个样子?变成所谓的信鸽?"

"我……我不明白你的意思……"

"这意味着她原本是人类——再正常不过的人类,但在某个我们不能确定的时刻,某个我们尚未认知的力量,通过某种我们无法理解的方式,改变了她的本质,让她从人类,变成了信鸽。"

"你……你这说的都是什么呀?又'不能确定'又'无法理

解'的!"

"没错,但现在一切有了转机。"阿兰突然举起了捏紧的双拳,"我们会去确定,去认知,去理解,这是我们费米联盟的工作和使命,是我们的责任与义务,'唯有科学,无远弗届'!"

"唯有科学,无远弗届。"这句口号现在就像是一记打在我脸上的耳光,火辣辣地疼。

小旋消失在了运输机的舱门中,如同被那黑色的金属巨兽给吞噬了一般。

"你们……打算对她做什么?"

我永远忘不了阿兰博士回话时,那明显是压抑了傲慢与不屑的表情:"何必呢?就算知道了,你又能怎么样呢?"

要确定小旋被带去了哪个星系是一件非常容易的事——费米联盟的人事信息几乎是完全公开的,那位叫阿兰的糟老头子作为高阶研究主管,主要的工作场所就在金铎——无数科研工作者心目中的悲情圣域。

但要确定她具体在什么地方就另当别论了。超级对撞机的事故之后,金铎星系中灾变频发,逐渐不再适宜居住,当然,也为科学家们提供了珍贵的游乐场。

无数大大小小的研究设施遍布整个恒星系,而日益凋零的殖民地与政府则保障了充分的学术自由,就算是最卑劣的非法实验,也可以藏身于那些光怪陆离的建筑群落深处，不被打扰，不受监控。

比起找到小旋，更大的难题还是找到她以后该怎么办。在与阿兰最后一次见面之后的五十年里，我大部分时间都用来解决这个难题，或者更准确地说，是用在解决这个难题的路上。

直到今天，我带着答案，站在费米联盟晴月研究所的门口，正对守卫，举起双手，面带微笑。

"我是来找阿兰博士的，"我平心静气地道，"我是他的老朋友。"

晴月原本是金铎主星最大的卫星，在对撞机事故中遭到重创而几乎分崩离析，只剩几个形状怪异的岩块还算完整，孤零零地飘在原先的卫星轨道上，而我要找的那座研究所，就位于最大的岩块中央——一个刚好可以看到当年事故原爆点的地方，那断裂的三十道巨环如麻花般交织在一起，共同演绎着一场整个银河系中最昂贵的行为艺术。

阿兰前来迎接我的时候，我压根就没有认出来——他，或者现在应该说是"她"，换了一具全新的躯壳，看着完全就是一位妙龄少女，就连嗓音和说话的方式也判若两人。最重要的是，我没法扫描出她的内部构造。这老狐狸很小心地掩盖着自己的真身。

"按照金铎王国的法律，我完全有权将你就地处决，并征用尸体，进行任何费米联盟想要进行的实验……"

不知为什么，看着她面若桃花的笑颜，我突然明白了蛇蝎美人这个词的含义，不过一想到50年前的那个糟老头子，又觉得没那么可怕了。

"哦哟?金铎王国?这里竟然还是君主制?"我尽量让自己看上去很放松,"那你们的王呢?在哪儿?"

"科学——"阿兰伸手指天,提高了音量,"科学就是我们的王,我们的神,是这漫天星海、洪荒宇宙中唯一的主。"

我摇了摇头:"我只是个到处旅行的候鸟,不是什么商业间谍,恰好路过这里,就想打听一下,你们对小旋的研究到底进展如何,这应该不犯法吧?"

"小旋?"她略作思索,"哦,你是说'项目2602'啊……嗯,那是费米联盟的最高机密,你当然无权打听,不过,毕竟没有你,我们也不可能开启这个项目,所以……"

她一阵沉默,旋即有了决定:"那来吧,老弟,让你看看我们离揭开这个世界的真相,还有多远。"

我以前去过一些被称为研究所的地方,但没有一个与眼前的设施相似。在一尘不染的走廊与房间中,尽是些闻所未闻的器材,其中的大部分与其说是实验设备,不如说是工程机械——庞大、笨重,发出令人敬畏的噪声与震颤。

"对撞机爆炸之后,星系内出现了一些超越常识的天体现象,这让金铎成为物理学研究的圣地,所以某种意义上,对撞机也算是成功了。"阿兰介绍道,"我们这个研究所就是在那时候建立,想要通过探索金铎星系的各种异常物理现象,来找到宇宙本身的奥秘……"

"物理学？"我故作不解地问道，"你们不应该是在生物实验室里研究小旋吗？"

"这么想说明你对项目2602一无所知，它不是温室里的小白鼠，而是能够洞穿时空结构本身的大能，它可以完全无视支配整个宇宙的基本物理法则，出现在任何想出现的地方，与任何想见面的人见面……你知道在人类的历史上，我们管这样的东西叫什么吗？"

"天使？"

"叫什么？"

阿兰停住脚，慢慢把头别过来："恶魔。"

她冰冷的眼神里带着几乎可以说是仇恨的光，让我难以自抑地清了清嗓子。我很清楚一个人会对另一个人做出怎样可怕的事，而如果你视对方为恶魔，那手段只会变本加厉。

仿佛是看出了我的焦虑，阿兰朝我露出诡异的坏笑，"来这边，"她挥了挥手，将我引向了一个看起来像是天文台的房间，挥手屏退了所有跟班——包括拿枪顶着我后背的那位。

耀眼的光芒亮起又熄灭，房间中出现一片璀璨的星空，将我俩层层包裹，几秒后，各种参数与坐标也跟着凭空浮现，点缀其间。

"这里，是我们所在的金铎，"阿兰先指着一小团光点，继而转动身体，抬起手，"而这边，是象巢联邦所在的大区，中间相隔了大半个文明世界，就算以费米联盟现在的技术，这也是上百年的旅程。"

"象巢联邦……"我点点头,"我记得你说过,小旋就是从那里来的,对吧?"

"是,至少她的躯壳是,"阿兰用手在星空投影中画了一条线,"为了确定她具体的出生地点,我向象巢联邦那边派出了一艘科考舰,不过要得到结果,至少也得是一百多年以后的事情了。"

"知道她的出生地点……那又有什么意义呢?"我苦笑道,"也许那地方早就变成一片废土了,毕竟你连她的年龄都不确定,又怎么能知……"

"253。"

"什么?"

"你问她的年龄啊?是253。"

竟然比我还要大!

"你们这是……怎么知道的?"

"利用意识萃取技术,我很容易就能得到她仍然是人类时的记忆。"说这话的时候,阿兰显得有些得意,"正好这里也有备份,你想看一看吗?不,你一定要看看。"

我犹豫片刻,点了点头,她则微微欠身,打了个响指,星空投影闪烁了一下,旋即分崩瓦解,就像弥散的烟雾。我很难说清之后出现在这个房间中的影像到底是什么,甚至不能确定那到底是不是影像——它们实在是太过诡异,仿佛跳过了视觉,直接印在了我的思维里。

一切就像走马灯那样不断闪现,速度飞快,我集中精神才能勉强跟上节奏。

首先出现的是一片破败景象——昏黄的大地,漫天的沙尘,暗无天日的矿井,以及落后到搞不懂到底属于什么年代的基建……而最可怕的是人——在所有这些影像中出现的人都显得如此不正常,他们要么如同行尸走肉般过着工作、吃喝、睡觉那样一成不变的单调生活,要么欢脱得仿佛精神病人,即便食不果腹、衣不蔽体也依然保持微笑……

而"我"就置身在这样的环境中,从牙牙学语开始逐渐长大,与勉强温饱的一大家子生活在一起。一天又一天,也不知在这种人生幻象中沉浸了多久,我既无法控制自己的言行,也没法调节时光的流逝,如同一个附身在别人体内的鬼魂,浑浑噩噩地看着宿主表演。

"这些是项目2602年幼时的记忆……"阿兰突然插进来的讲解,着实让我吓了一跳,"她与父母生活在一个代号叫'希望'的矿业基地里,我从现有资料中完全无法确定那到底在哪儿……但从情绪解析上来看,她的童年十分快乐,说是幸福也没有问题。"

快乐?幸福?我苦笑一声——在影像中,目之所及的,就只有简陋、贫苦与辛劳,虽不至于挨饿受冻,但也绝对与我理解的快乐和幸福相去甚远。

"这就是基因改良的成果了。"阿兰点了点自己的太阳穴,"根据资料，象巢联邦在设计之初抑制了所有低阶种姓的负面情绪，而侍奉奴工则稍有不同，因为他们所从事的行业，可能需要向客户们反馈一定的负面情绪，所以对他们的改造，重点是增强其精神的承受与恢复能力，让他们对一切痛苦和伤害都能够逆来顺受，或者说是……处变不惊吧。"

我下意识地点了点头——这倒是很符合印象中的小旋。

虽说以前也曾听过象巢联邦这个古老政权的只言片语，但透过小旋的记忆，它的荒谬与愚昧展现得淋漓尽致。不只是用基因改造将人民划分成三六九等那么简单，它还建立了一整套复杂的体系来教化孩童——不同种姓的人，从出生便开始接受相应的技能培训，以期在他们达到从业年龄后就能毫无障碍地开始工作。

对小旋来说，这个年龄是八岁。她首先从最简单的端茶送水开始做起，一边在附近的餐馆打工，一边接受更复杂的培训。这些培训全都与侍奉奴工的身份相配——如何微笑，如何说"你好"，如何在举手投足之间让人感受到愉悦与美。难度也在逐渐递增，不断有孩子被淘汰，他们只能从事较为低级的工作，而像小旋这样一路过关斩将、琴棋书画都不在话下的天才，便有可能成为众星捧月的名媛。

这让她很高兴——通过意识投影，我也体会到了她的高兴……怎么说呢，这是一种，我本人从未有过的心情，就仿佛是自己已经一只脚迈进天堂了。

"这就是种姓制度的厉害之处啦。"阿兰像画外音一样解释道,"他们在做与基因相匹配的工作时,就会感到无上的幸福,无论这份工作是啥样。"

终于,在小旋差不多十一岁的时候,她准备接受舞蹈训练了——这是一个非常重要的分水岭,决定了她能不能更上一层楼,甚至离开这个矿业基地。舞蹈的名称叫作"希梅亚",是一种优雅与性感的奇妙混合体,小旋满心期待,跃跃欲试。

然后在这个时候,一切戛然而止——阿兰突然把我拉出了沉浸式的投影:"她永远也没能学会希梅亚,可惜了啊……否则一定是个了不起的舞者。"

"小旋她……怎么了?"

"自己看吧,就是这一天——项目2602的店里来了一位非常奇怪的客人。"伴随着阿兰的手势,影像中出现了一个披着蓑衣的纤瘦身影,"很奇怪,我们没有办法从意识萃取中解析出这位客人的细节,他和小旋之间做了什么、说了什么完全是一片混沌,就像程序出错时冒出来的乱码……或者说得再玄乎一些——这位客人,与我们这个世界的系统,可能根本就不兼容。"

我突然就明白了阿兰的言下之意:"这人是……是个信鸽?"

"瞧!"阿兰眼中闪烁出狂喜的光芒,"连你这个完全没有科学素养的外行人都看出来了!"

"可这……这又能说明什么呢?"

"还记得我和你第一次见面时说过的话吗？我说信鸽可能并不遵循一般生物的繁殖逻辑，"阿兰指着瘦长的人影道，"就是这个家伙，解开了这个谜题。"

"你说繁殖？我不明白……"

影像继续以极快的速度闪现，我打赌阿兰的脑子里肯定是搭载了某种视觉处理元件，如此庞大的信息流对她而言应该是习以为常了。在小旋的视角中，世界发生了很大的变化——原本从未离开过那片矿区的她，在接下来的几个月里，突然就变得逍遥了起来。她在五湖四海游弋梭巡，其中有些地方看起来明显不属于同一个星球……毫无疑问，如果说小旋之前的人生是一个无忧无虑的侍奉奴工，那她此时已经不知通过何种方法获得了信鸽的力量，而且无论阿兰说的谜题到底是什么，那位怪人确实始终伴在小旋身边，虽然看不清他的面容，也听不清他的话语，但却明显能感觉到小旋对他十分信任……甚至可以说是有些依赖也不为过。与此同时，影像的连贯性也越变越差，在一段段碎片般的记忆之间，是无数大大小小、模糊混沌的色块，让我一度怀疑是不是设备出了故障。在不到两年的时间内，清晰的记忆逐渐萎缩，最终完全消失，只剩下一团团蠕动的肥皂泡。

"项目 2602 的记忆就到此为止了，最后能解析出的画面，根据星相推测是在天穹大区的云火星，时间则是在距今二百四十年前。"

"二百四十年前……"我盯着那团肥皂泡，"那这些东西到底是什么？梦境吗？"

"我以为你已经懂了，但看来还没有。"阿兰哼笑着叹了口气，"意识萃取只对人类的思维有效，"她张开双臂，原地转了小半圈，"而现在出现在我们周围的这一切，明显已经不属于人类了，或者用我们刚才的话讲，叫作与我们的世界不相兼容了。"

"也就是说……"我清了清嗓子，"从二百四十年前的这一刻开始，小旋就已经是个信鸽了？"

"在刚刚过去的五个小时里，你所看到的，就是信鸽的繁殖过程——"阿兰转回身来，阴着脸道，"那个奇怪的家伙，对项目2602施加了某种影响，在总计约两年半的时间内将其同化，将她变成了你遇见的那位小旋。"

若不是她提醒，我根本没想到自己在这个房间里已经待了足足五个小时——以我的体感，好像才过去了不到三十分钟。

"两年半并不长啊，如果真是采用了这种繁殖方式，信鸽的数量应该越来越多才对。但我记得在第一次见面时，你跟我说——"

"对，我跟你说过，信鸽的总数基本维持在一个非常稀少的恒定值上，这里面主要有两个问题，我还没有搞懂——"阿兰博士比出两根手指，"其一，我不确定信鸽的繁殖到底是复制还是剪切，那个怪人到底是把项目2602变成了同类，还是把她变成了自己，你懂我的意思吧？"

这说法让我有些毛骨悚然："懂的。"

"其二，我不确定信鸽的寿命到底能有多长，又会如何死去，其身体好像根本不会衰老，只是活性会越来越差，但器官或肢体一旦离开本体，就又会呈现出与普通人类完全一致的特征。"

"你……"我微微攥紧拳头，"你们把小旋怎么样了？"

"哼哼哼，我想你肯定是知道的吧？如果不采取一点特殊手段，项目2602只需要一眨眼的工夫就会消失不见。"似乎是为了强调"一眨眼"这个概念，阿兰冲着我的脸猛击了一下双掌，"好在，我早在和你接触之前，就已经想到了解决办法——我设计了一套专门用来收容信鸽的装置，保证项目2602绝对没有……不辞而别的可能。"

我压抑住心头的不安，勉强让自己的语气保持平静："她在哪儿？能让我见她一面吗？我说不定能帮你问出点什么东西来。"

"当然可以，"阿兰做了个"请"的姿势，"这边请。"

在博士的带领下，我继续穿梭于错综复杂的科研设施，而现在，光怪陆离的科研仪器已经没法再吸引我的注意，小旋的处境就像一团带刺的铁丝网，紧紧裹住了我的心——每一次跳动，都在微微发痛。

"你的心跳得有点快啊……"阿兰别过头来，嘴角微扬，"是太紧张了吗？还是出了什么故障？要不要就地换个新的？"

"不用了，我没事……小旋呢？还有多远？"

"瞧啊，这就到了。"

阿兰指向前方，黑不见底的深渊上方，悬挂着一个连接了数条吊桥的巨大菱形建筑,盘根错节的管线攀附其上,就像是缠绕在棺木上的藤蔓。

"那是……"

"公主的寝宫。"

阿兰如同谢幕的演员那般抬起双臂,棺木周遭的灯光霎时全部亮起,我跟在她身后,小心翼翼地走上吊桥。仅仅是在这个并不算长的过程中,我也能感觉到明显的压力——高倍率的监控摄像头,隐藏在暗处的自动炮塔,以及十余名身穿动力装甲、手持能量武器的工作人员,这里的守卫比正门严密得多,倒是对得起寝宫这个词。

通向棺木内部的大门上,印着一大排标明为"禁止事项"的通告,我正欲细看,阿兰用力打了个响指,层层上锁的大门便上下左右分开了。

我被展现在眼前的景象所震慑,情难自抑地往后退了半步——无数泛光的镜面,贴满了弧形的房间内壁,从不同角度,将一支尖塔般的杆状物围拢在中央,杆状物大约有十米高,顶部萦绕着一小团闪烁着电光的云雾,而底部……底部的透明玻璃箱中,盛放着六瓣粉红色的组织,在它们之间,有类似尖塔顶部的微小云雾相连,我起先有些犹豫,不知该不该前行,但定睛一瞧,赫然发现这些组织拼在一起,正好是大脑的轮廓。

"那是……"我不顾阿兰的拦阻,大步冲向尖塔,军靴踩在能映出人影的光洁地板上,发出凌乱而密集的脚步声。我几乎失去平衡,在离尖塔不到五步的地方打了个趔趄,连滚带爬地挪到了玻璃箱前。

"小旋?是你吗?"投鼠忌器的我将双手按在玻璃箱上,空有攥紧的双拳却不知所措,"你……"

"这样她是听不见的——"

阿兰慢慢踱来,轻叹了口气。

"还有,小心点,如果震坏了平衡器,思维的连贯性可能会受到影响,你也看到了——"她指了指玻璃箱,"项目 2602 的大脑被分成了独立的六个部分,依靠意识投影交织在一起……"

我稳了稳情绪,慢慢站起身来,可看向阿兰的时候,又忍不住咬牙切齿,拼尽全力才没有叫骂出声。

"听我说,小老弟,我知道你现在在想什么。"她轻轻捶了一下自己的胸口,神色严肃,"你在想,我是个扭曲、变态、邪恶、堕落的疯子科学家,为了自己的理想,不惜泯灭人性。"

她说得没错,我确实是这么想——只不过没有科学家这三个字而已。

"她这样,还活着吗?"

"当然,对她这样的怪物而言,死亡只是一种毫无成本的逃脱方式而已……"阿兰不无陶醉地仰头挺胸,原地转了半圈,"而这里,这间研究室,是我专门为她设计的囚笼,可以从意识层面对它进行全天候不间断的监控,因而也就可以断绝她逃脱的一切可能。"

阿兰的说辞让我想起了在克罗深渊上见过的一种酷刑,专门惩罚那种犯下了可怕罪行的兵痞——他们被连上维生设备,束缚在一个极为狭小的密闭容器里,与外界完全隔绝,悬挂在城墙上示众——被锁住的犯人通常十天左右就会精神崩溃,超过三个月就会变成完全没有反应的废人。

"你把她关在这里有多久了?"

"我想想——应该,快有四十年了吧?"

"那你的成果呢?"我压住怒气,"研究出什么东西了没有?"

"当然有,不过都是机密,如果她愿意合作的话,一切就会变得简单多了。对啦,说不定你能劝劝她。"说着,阿兰轻轻将我隔开,伸手在玻璃箱下方的操作台上点了两下,"公主殿下,今天感觉还好吗?"

沉默了几秒钟之后,一个空灵的电子合成音在房间内响起:"不好,我感觉……很饿。"

在开口插话之前,阿兰抬手打断了我,小声道:"她说的'饿',不是你想的那种。我仔细调整过它的感官,确保每一项人类应有的生理需求都处于绝对的满足状态。"

"那她为什么还会说很饿?"

阿兰神情诡异地斜了我一眼:"你还不明白吗?她说的不是食物,她需要填补饥饿感的东西,不属于人类应有的生理需求。"

"那到底……"我恍然大悟,"难道是……是思念?"

"思念……"阿兰点点头,"这是她在这里唯一得不到的东西,我们试过很多种方法来模拟思念,都没有成功。也许她所说的思念只是一个代号,是某种我们完全无法理解的概念,也许等我们弄明白了这一点,就能解开信鸽穿越星海的真相。我记得她说过,怀有思念之人一旦相见,思念就会云散烟消。"

"这我听她说过……"

"所以,按我的推测,思念其实是一种燃料,项目 2602 通过传递思念,可以从中提取出某种能量,而追寻这种能量的冲动,就是她所说的很饿。"

我对她的推测毫无兴趣:"我想跟小旋说句话,要怎么做?"

"现在吗?"阿兰警觉地上下打量了我两眼,"可以,不过只能由我代为录入。"

"你何必这么小心?她根本就不可能记得我了。"

"首先——"阿兰摇了摇手指,"穿越星海之后,就会忘记之前发生的事,这完全是信鸽她们自己的一面之词,并没有任何证据;其次,可以肯定,项目 2602 对自己身为人类时的记忆一清二楚,如此一来,你便可以通过某种细节来取得她的信任,暗中传递信息。"

这倒是个不错的点子,我以前怎么就没想到过。不,也不能怪我,没有意识投影,我根本不知道小旋还有身为人类时的记忆,我原以为她是个不食人间烟火的神仙呢!

"行，那就麻烦你帮我录入吧——"我深吸一口气，又轻轻呼出，"小旋，好久不见，我是在克罗深渊上的那个候鸟。"

"克罗……深渊……我记得……我去过……两次……"本就断断续续的电子合成音停顿了一下，"但是，对不起，我肯定不记得你了。"

"不……"我能感觉到自己的声音在微微打战，"该说对不起的，是我，我不应该……"阿兰哼笑了一声，用指节轻轻敲了两下玻璃箱："你没有什么值得道歉的，我不会传达这句话。"

"那换一句……很孤独吧，被关在这里，这么多年，你一定，很孤独吧。"

"孤独……我不怕……"合成音又沉默了几秒，"但……就是……很饿……"

我又试着同她聊了几句，但小旋始终没能提供任何有意义的信息，那一声声"很饿"的叫唤倒是直抵心口，让我变得越发不自在。

"行了，到此为止吧……"我偏过头去，眉头紧锁，"我不想听了。"

"嗯，是啊，暂时这样就好。"阿兰起身，掸了掸裤子，"我知道你对项目2602抱有特别的感情，但请务必记住，她是个怪物，是个异形，是个以思念为食的妖魔……你是不是有的时候会想，'啊呀呀，小旋她要是普通人类该多好？'嗯？"

我欲言又止，没有反驳，只是呆呆地盯着玻璃箱中，那被电云所环绕的六瓣脑组织。

"可以哦,像普通人类一样的小旋,可以有哦。"阿兰朝房间的正门口歪了歪头,笑道,"在科学面前,这样的小事,简直微不足道。"

在跨过研究设施的大门之前,我犯了一个很大的错误——大大低估了这里的规模。

我原以为整个建筑只是一大块碎裂卫星上的附着物,没想到它却深入地下数公里,在里面维持着一个拥有生态循环系统的小型城市。

从农民到技工,形形色色的人生活其间,而研究员则独立在外,像是观察恒温缸中的金鱼那样,监视着每一个居民。我无法想象费米联盟在这里进行的到底是怎样一种研究……我也不想知道。

我们走出电梯,又沿着湿滑阴暗的楼道下行了大概十分钟,从中段进入一条人声鼎沸的小巷,数不清的摊位和喧嚣争吵的叫卖声让我想起了吉拉星上的大巴扎——一个人傻钱多,卖假毒品都不会被分辨出来的捞金圣地。

阿兰在一间茶饮店前站定,却抬臂挡住不让我上前:"意识投影中出现的怪人不可能再找到,但我相信他选中仍是人类时的项目2602,一定有某种特殊的原因,而人类的本质,你知道是什么吗?"

"是贪财好色?"

阿兰一声轻叹:"是基因,我假设项目2602的基因拥有信鸽所需要的某种特质,于是将她的基因信息分段剪辑,植入到一万个受精卵体内,观察他们的成长与生活。"

"一万人,真是大手笔。"我讥讽道,"你们这个机构还真是钱多得花不完啊。"

"才一万人叫什么大手笔?你太小看费米联盟了吧?"阿兰得意扬扬地摊了摊手,"这座地下城里,总计居住着十五万居民,他们或多或少,都可以算作是项目2602的子嗣,当然,他们自己并不知道。"

我下意识地看向人来人往的小巷,在这里的无论是商家还是客户,相貌、年龄、肤色……天差地别,可以说是五花八门,但就是没有一个与小旋相似的。

"但是,我马上要介绍给你的这三位不一样——"阿兰拍了拍我的肩膀,将我引进茶店,"你看一眼就明白了。"

她还真没有唬人——在店里忙碌的三位"店员",和小旋长得简直一模一样,只是年龄各有不同,最小的那个不到十岁,与意识投影中她被带走时的感觉差不多,最大的看上去得有三十岁了,总之就是正常人类女性完全成熟后的相貌。

"两位客人,是从研究所里下来的吧?"说话的这位,则与我初见小旋时的年纪相仿,"奶茶还是咖啡?有什么特别喜欢的吗?"尤其是她抿嘴笑的样子,完全就是小旋的翻版,"哦,对了,我们今天的特饮是香草勿忘我,买一送一,很适合你们这样的……情侣。"

"嗯,那就两杯香草勿忘我好了。"阿兰当真像情侣那样依偎在我怀里,轻附耳边道,"如何?心动了吗?"

"她们是……"

阿兰拉住我的手腕,将我牵到屋角的圆桌旁,小声道:"她们都是项目2602的克隆体——当然,我没法复制象巢联邦的甄别代码,你非要说是不完美的复制品也没关系。不过,侍奉奴工的特质保留了下来,无论是情人、女儿、姐妹还是单纯的伙伴,她们都能表现得很好。"阿兰悄悄用手比向最年幼的、正在扫地的克隆人,"你可以随便挑一个,想要从小培养感情的话,我还可以为你再克隆新的,要多少有多少,玩腻了包换,我这里无条件回收。"

她就像是在推销某种廉价的日用品,让我不禁感到恶心,甚至连与送茶来的克隆人大姐眼神相交时都觉得十分尴尬,赶紧偏头避过:"不必了,你把我和小旋的关系想错了。"

"哦?想错了?那请问你为什么要不远万里来到金铎?"

"忘了吗?我是个候鸟,到处乱转悠就是我的工作。"

"嗯嗯,对哦。那真是不好意思了。"阿兰优雅地把玩着茶杯,"你这工作啊,恐怕得先放一放了。"

我则把刚刚举起的茶杯重重放下,也许是动作太过粗暴,那三位克隆人同时停下了手上的活计,看向这边:"你什么意思?"

"项目2602是费米联盟的最高机密——"她以拳托腮地笑道,"你看完了就走，未免也有点太不懂礼数了吧？"

"担心泄密是吗？我可以把随身的候鸟晶片全部上交，其中还有一些是在其他地方旅行的记录，就当是让我见到小旋的谢礼，都送你了。"

"晶片？嗝，你该不会以为，我们没有发现你身上的隐藏信号吧？伪装成一般的导航通信是挺高明，但不好意思，想用这招来搞事的人实在太多了，所以我们安装了特制的定向干扰，你的信号永远处于初始状态，任何有用的消息都送不出去。"

"原来如此……"我轻轻挤压了一下植入右肋的机关，"这信号只是我用来跟企业联络站报平安的，你不喜欢，我关了便是。"

"哦？贵公司在金铎星系也有联络站？那正好。"阿兰抿了一口茶，"我有个提议，你呢，也不用把晶片拆出来，留在我这里生活一阵子，与你中意的小旋一起。"阿兰示意似的朝店里扫了一眼，"不用担心，我保证她一定会喜欢上你——随便哪个她。"

"一阵子……是多久？"

"你全身上下、从里到外，应该全都换过了吧？所以对你来说，这一阵子也没多久，"阿兰笑道，"但对她来说，那就是一辈子了，最少也得有……我想想，五十年起步吧？"

我深吸了一口气，眼前的这个女人——至少现在是个女人，完全视别人的生命为儿戏，而且看她的表情，完全是不以为耻反以为荣。

"我如果拒绝呢?"

"那你可以先喝完这杯茶。"阿兰点了点桌面,收起笑容,"然后我再告诉你会发生什么。"

在她说出这句话的同时,店里的灯忽然闪了两下——从小巷中传来的惊呼声来看,外面也应该遇上了相似的情况。

"嗯,行吧。"

我又一次端起茶杯,送到鼻下,浓烈的花香伴着热气,让人心旷神怡,浅尝了一口,确实有股香草的味道,但也就仅此而已了。

"阿兰博士,你听说过卢卡侯爵吗?"

"卢卡……侯爵?"阿兰不屑地笑道,"是什么奢侈品的牌子吗?"

"他曾是克罗深渊上的统治者,为人残暴、阴险、狠毒、贪得无厌,不信道义,无惧因果,手上血债累累,可谓是恶棍界的楷模。但是……"我举起一根手指,"他有一个最大的优点,就是恩怨分明,言出必行。"

"克罗深渊……嗯,好像在哪儿听过,是个不起眼的穷乡僻壤,"阿兰不以为意地摇了摇手,"所以呢?你是和这位什么卢克侯爵有仇?还是有恩?是想说他会来营救你?"

"是叫卢卡……不,他不会来救我,我只是曾在他手下干活儿而已,不存在什么恩仇。"我将剩余的茶一饮而尽,"但小旋就不一样了,卢卡侯爵很喜欢她,而且,还欠了她一个人情。"

"呵,一个来自乡下的所谓侯爵能闹出什么水花?难道他还敢和费米联盟作对不成？不过，还是谢谢你的提醒，我们会注意的。"

"确实，我一开始也以为那什么狗屁侯爵只是自封的头衔，但后来才知道，他原来是加入了维斯弥尔教团，这你应该听说过的吧？"

阿兰终于紧张了起来，她坐正身子："嗯，一群愚蠢的唯心主义者，认为整个世界都是某个高等生物的梦，只有不断安抚它，让其沉睡，才能保证宇宙不会毁灭。"

我点点头："还有呢？你们费米联盟这么神通广大，不可能不晓得这教团在干吗吧？"

"他们建立了一个所谓的帝国，妄图统治整个文明世界，"阿兰摇摇头，"简直无药可救——在这个人与人之间被漫长岁月本身所阻隔着的时代，想建立什么大一统的政权根本是天方夜谭，更不用说，就算成功了，这样做也毫无意义，也什么都不会改变。"

阿兰的声音听起来仍是不屑一顾，但已经有了一丝强撑的味道。

"对有信仰的人来说，行为本身就是意义，听说过醒灵教吧？它的信徒，宁可续着形同蜉蝣的有限生命，也要遵守教义，拒绝上传意识，拒绝一切脑部改造。"我顿了顿，"我以前觉得他们都是神经病，但现在……多少有点懂了。有些东西比永生更重要，比活着更重要，所以，请不要小看维斯弥尔教团和它所谓的帝国，他们至少明白自己在做什么、为什么要做，比这个时代的绝大多数人可要强太多了。"

"好好好，你讲这些，就是在自找麻烦，我现在又多了一个不能放你出去的理由了。"阿兰愣了一下，意识到了什么，"等等……莫非，你来之前就已经同那位侯爵说过了？"

我盯着她的脸，没有回答，终于，进入这个设施以来第一次，轮到我笑而不语了。

"那个信号！"阿兰拍案而起，脸色却像重病之人一样煞白，"难道——"

她终于反应过来了——信号不一定需要传递信息，信号本身便可以是信息，我与卢卡侯爵的特种部队约好，在信号消失之时发起行动，想来他们现在已经渗透到这设施内部了吧。

"该死！"

在阿兰打算抽身离席的刹那，我猛地探手抓住了她纤细的左腕："别急啊，茶还没喝完呢。"

突然，仿佛地震了一般，茶店猛烈颤抖了几下，旋即，灯光骤熄，整条街都陷入了黑暗，而与此同时，阿兰的声音伴着愤怒与凶狠，从齿缝中蹦了出来："小老弟哟，你该不会以为我换上这具身体，是看上了她的年轻美貌吧？"

虽然人类已经步入星海数千年，但本质依旧是刚刚走出丛林的灵长类——当言语不再奏效时，他们无一例外地会想换用爪牙来解决问题。

那些上了岁数的人，常常会表现得更温和友善，并不是因为阅历让他们心态变好，只是单纯因为年老体衰，知道自己动起手来并无胜算而已。只要给他们一个小小的机会，就会毫不犹豫地唤醒年轻时的所谓血性，以任何他们能编造出来的名义施加暴力。

就比如我面前的这位阿兰博士，与初见时相比完全是判若两人。黑暗中的她灵动而有力，每一次攻势都直逼要害。显然，她的自信并非缘于狂妄或暴怒，这具身体确实非比寻常——看起来、听起来、闻起来都与原生的普通人类女子别无二致，甚至可以说是有那么点孱弱，但各项身体机能却都强得超乎想象，不逊于最优秀的特工。

然而，这一切全都在我的算计之中——在夜之荒原上，阿兰博士的飞船消失于星空中的那一刻起，我就知道会有这么一天，会用自己强化过的铁砂掌劈打这位博士的脑门。她用言语欺骗了我，又用爪牙带走了小旋，唯有以牙还牙、以眼还眼，才算是不负天理。

上一次与女人徒手相搏，还是在军中服役的时候——那好像已经是几辈子之前的事情了。现在的阿兰确实很强，但并非出乎预料地强，我花了差不多五十年的时间进行筹划、预谋、准备，没有理由输在这最后关头。

在小旋们的惊叫声中，电力恢复了几秒，她们看到店内的惨状和扭成一团的两人，本能地想往外逃，可还没跑出店门，黑暗再次降临——卢卡侯爵的特种兵应该是破坏了另一处备用电源，动作还挺麻利。

肉搏战以阿兰的脑袋被摁进茶店的墙壁而告终，我用手抹了一下脸上的血,又深吸一口气,将损坏的器官咳出体外——一共四个,还好,花不了多少钱。

我把血肉模糊、几乎不成人形的阿兰从墙上抠了下来,抱在怀里——她是我的通行证,还不能死。

我不清楚费米联盟到底是个什么水平的组织,但这个设施的警卫实在是业余,他们像无头苍蝇一样到处乱撞,根本不知道该如何寻找那些神出鬼没的对手,而卢卡侯爵派来的人却是身经百战,并且,嗜杀成性。

我一路小跑,从地下城返回到存放小旋的悬棺前,途中竟然没有遇到任何阻拦,那些原本耀武扬威的自动炮塔此时都耷拉着枪口,垂头丧气,而守卫们也不见了踪影——看来都被特种兵们给引开了。

我小心地穿过吊桥,来到漆黑一团的悬棺前,这里的大门紧锁,也找不到任何其他出入口,我把阿兰轻轻放下,犹豫着要如何才能进去。

"你得……快一点……"她嘴角噙着血,有气无力地道,"2602……维生系统……只能……存活……半个小时……快一点……"

"半个小时?"阿兰的语无伦次让我莫名焦躁,"为什么不安装独立电源?"

"因为……没有想过……会发生……这种事……"阿兰挣扎着想

要起身,被我用脚踩住,"……我们……只是……纯粹的……科学家而已啊……"

"纯粹的科学家?"我的火气一下就涌上头来,"你们绑架了一个无辜的女孩!把她拆开切片,关在这鬼地方,整整五十年!"

"但她非我族类!不是人啊!"阿兰猛抱住我的脚踝,像垂死挣扎那般挺起上身,"是个鬼知道从什么地方冒出来的怪物啊!"

"就算如此……"我清了清嗓子,扬起下巴,又把她给踩了回去,"是谁给你的权力,可以随便把她抓来做实验的?你就没有想过她可能会有朋友,可能会有亲人,可能会有同胞?不,就算她是头畜生好了,你想没想过,这头畜生也有主人?也有人在等着她回家?"

"我是为了,为了全人类……"

我没工夫和心情再同阿兰理论,踹了她一脚便将注意力转向了悬棺,开始寻找任何能让我进去的办法。这里总该会有通风管线或者维护通道之类的东西吧。

时间一分一秒地流逝,我变得越发焦躁,躺在地上的阿兰还在不住地嘟囔着什么"来不及了""它已经死了""全完了"之类,让我恨不得将她直接丢下深渊。

终于,在悬棺的顶部,我找到了一个突破口——这是一面半透明的玻璃窗,大小刚好够一个成年人出入,我做了个深呼吸,连踹带砸地折腾了好一会儿,才终于打碎了最后的阻碍,跳进了这座囚禁着小旋的牢笼。

"别死啊,小旋……别死,再坚持一下……"

我不敢去确定时间,也没有必要——从停电那一刻算起,早已超过了半个小时。

"都是我的错……我的错,是我太蠢了……"

就像是等待开牌的赌徒,我在房间中央的尖塔前踌躇不前,几秒钟后,才终于下定了决心,大步跑了过去。

"对不起……对不起……对不起……"

我没有想好要怎么才能把小旋大脑切片带走,我来时确实不曾料到她会变成那样。但当我看到玻璃柜,才意识到自己是真的蠢——里面空无一物,只有一些沉淀的残渣和不明液体。

我瘫坐在地,半是失落半是欣慰地干笑了两声——我早该想到会是这样啊,只要一断电,对小旋的监视就解除了,她肯定当场就跑了呀!

就在这时,身后突然吱呀作响,穿着动力装甲的守卫强行撬开了沉重的大门,其中一人搀扶着阿兰,缓缓走向这边,我起身以对,守卫则抬枪相向。

"算啦……"阿兰有气无力地压住枪口,"已经太迟了。我们做个交易,如何?我放你走,你让卢卡的人也撤退,如何?"

我有点不敢相信:"放我走?就这样?"

"不放你走又能如何?而且,你怎么说也帮忙做了点研究。"阿兰指了指玻璃柜,"项目 2602 的能力果然超脱了科学常理,就算是把大脑切成六份,也不能阻止她消失。如果不是你,我自己永远也不会去验证这件事。"

我并不觉得阿兰博士是个十恶不赦之人——相反,她同样也知道自己在做什么、要怎么做,就和她所鄙视的那些愚蠢的唯心主义者一样,是个被信仰所困的可怜人。

我接受了阿兰的提议,向实验室的门口走去,但在我越过她的时候,她突然又伸手摁住了我的肩膀:"我可能……再没有机会捕捉另一个信鸽了。真悲哀啊,对永生的我们来说。"

"悲哀?为什么?"

"因为我们这一代人,应该就能看到世界的终结了吧。"

离开晴月研究所之后,我发现自己伤得比想象中要重,如果不是侯爵的人马在金铎星系里接应,我恐怕连一天也撑不下去。

原本的身体已经到了极限,远不是换几个损坏的器官那么简单,飞船上也没有什么选择,特种部队的指挥官便擅作主张,直接将我的大脑取出,加装了一堆辅助元件,再植入到一具顶配的军用义体中。

当我醒来之后,唯一庆幸的是他们保留了我的脸,或者说是脸的建模。

"我们可以带你回去见侯爵,"在我打算下船时,指挥官提议道,

"他一定会感谢你救下了他的朋友。"

"不必了,小旋也是我的朋友,我们算是互相帮助吧。"

"之后呢?你打算去哪儿?"

"不知道,总之,应该是要去找人吧。"

"我听侯爵说过关于他朋友的事,恕我直言,你……"指挥官盯着我看了几秒,应该是明白了我的无奈,"嗯,祝你好运,愿维斯弥尔之梦与你同在。"

离开金铎后,我很快就花光了几乎所有积蓄——前往象巢联邦的旅途不仅遥远,而且要经过好几十个大大小小的无人区,即使选择最快捷的那条航线,也要换乘五次,花上也许几十年,也许上百年。

我也不知道为什么要去象巢联邦——去那个现在到底被谁统治着都不清楚的边缘世界。去寻找小旋?她为什么会回故乡?那个故乡的确切位置又是在哪儿?究竟还存不存在?她现在又是何种模样?我要如何与她相认?她还会,还会再相信我吗?相信那个背叛了她、欺骗了她,让她粉身碎骨、在无光无声无味的鸟笼中囚禁了五十年的我?

这些问题,我已经思考过无数次,没有一个确切的答案。我到底在追寻着什么?不知道,也许我想要得到的根本就不是答案,而是一个问题,一个正确的、值得用终生来求证的问题——我这只候鸟,要飞去何方,又终将回到何处?

不知是巧合抑或天命，第一次换乘的地点竟然就是在老家盖亚兰，这里比我上次来时还要落寞荒寂，甚至连原本还有些人气的火星都死气沉沉。听载运我的老船长介绍，在这个古老星系中，已经有接近百分之九十九的人口接受了意识转移，几乎所有事务现在都交由人工智能代劳，就算是那些看起来门庭若市的商业街区，实际上也只是充斥着没有灵魂的仿真机器人而已，要见到一个真正的本地活人已经是相当困难了。

在即将进入休眠舱时，我不禁想起了阿兰博士的话——或许这真的就是所有人类文明的最终结局吧。这也挺好，从数万年前祖先们第一次仰望星空开始，所有人便幻想着永恒的天堂，而现在，这天堂如此唾手可得，又何苦要拒绝它的盛情邀请呢？虽然一切都只是虚拟世界中的梦，但如果这梦永远都不会醒，那便与现实也没有什么区别了。

从盖亚兰到良印的航程花了大约十五年，之后，我转向地广人稀的亚贝大区，这又花费了差不多另一个十五年时间。更要命的是，由于这个星区过于贫瘠落后，要碰上一艘恰好顺路的船只十分不易，就算碰到了，大概率还是那些没有客运功能的全自动行商舰，为某个可能已经倒闭的公司奔波效命。

就在我为如何继续旅程而焦头烂额之时，一次小小的偶遇改变了一切。

那是在一颗距离亚贝主星系有五光年之遥的小小殖民地上……

不，说它是殖民地恐怕会冒犯到不少人，那鬼地方充其量只能算是有人居住的荒地而已。

但匪夷所思的是，在一道几乎横贯大陆的巨型河谷中央，却耸立着一座足有二十层楼高的石质建筑，它乍看上去就像一根竖直的玉米棒，其间还不规则地点缀着一些应该是窗口的孔洞，就像是缺了几颗玉米粒。单纯从外观上判断，这座高塔可能已经有数百年的历史，也许更久，但这个地方方圆十里内都没有人烟，最近的定居点也就是个百来户人家的放牧小镇，到底是谁，为了什么会在此处建造如此雄伟又怪异的高塔，不禁让我这只候鸟感到好奇。

进入高塔之后，我看到了似曾相识的一景——浅浅的池塘，摇曳的烛光，以及叠放整齐、成套摆在地上的衣物……毫无疑问，这里是一座信鸽的神龛，只是无论规模还是规格，都与之前所见过的任何一座神龛有着天壤之别——池塘足有一个运动场那么大，中央是一个莲花状的雕塑，里面盛着水；池塘的边缘虽然并不规则，但用一圈瓷砖围住，经年累月的积灰之下，仍能看出它那精美细致的工艺；蜡烛则更为高级，使用了极其昂贵稀有的天然材料，慢慢烧的话，可以持续发光大约二百年；放在塘边的衣物已经十分陈旧，但质量上乘，而且足有十套之多，在我脚边一字排开，看着还以为是到了公共澡堂。

但正是因为排场很大，才更显出了这里的诡异之处——不论大小，信鸽的神龛要么是直接设立在居民区当中，要么就是常年有人照料看护，这样才能保证信鸽出现时有人接应。而这座高塔，明明建得如此壮观，却不见人迹。难道还要信鸽出浴后，自己步行到十里开外的小镇上去吗？

由于天色渐晚，外面还下起了大雨，我便决定在高塔中歇息。刚睡下没多久，梦境中突然响起了尖锐的警报声，我猛然惊醒，在义眼的识别软件帮助下，我立即锁定了躲在暗处的身影——还不止一个。

"出来！"我下意识地摸向腰间，用手指扣紧了匕首的柄，"看到你们了！"见对方没有反应，我站起身来，轻拍胸口，"你们没机会的，我这副义体是最高规格的军用装备，可能比你们整个镇子的所有财产加在一起都要贵，动起手来，你们必死无疑。"

人影蠕动着，我原先以为她们是在准备武器，但定睛细看，才发现她们是在穿衣服——那是两位女子，一位高挑纤细，一位小巧玲珑——单论体态的话，小个儿的这位可能还算不上是女子，最多只能算是女童。

"我、我们！我们不想死，"女童手足无措地晃着身子，走出阴影，鼻涕都挂到了她的嘴边，"我们、我们就是路过！路过！"

高个儿女人看也不看地用力拍打了一下女童的脑门，狠声恶气："矜持一点！我难道是第一次教你吗？死有什么好怕的！"

"呃，不是第一次……"女童委屈地抱着脑袋，眼角带泪，"但，但我……人家还没有死过嘛。"

她们身上穿着的，正是事先摆放在池塘边的罩衣，每一个微小的动作，都能从袍角抖下一片灰来。显然，她们应该是小旋的同类，错不了了。

高个儿女人不能说丑，但长着一张冷若冰霜的脸，再加上年纪看起来也不小了，颇有点不好惹的味道。而那个小家伙则正好相反，一副人畜无害的模样，肉乎乎的还挺可爱。

"你们是……"我又坐了下来，"信鸽吧？"

女童抖了一下，像是在征求意见似的，怯生生地望向身旁的同伴，后者深吸一口气，眉头微蹙："我是，她还不是。"

整个银河系里，能够理解如此诡异回答的人，应该屈指可数吧。但多亏了阿兰博士和她的意识投影，我大致能够想象出眼前这两人之间的关系——那位女童，应该就像当年的小旋一样，被她身边的大人领着，一边学习如何以信鸽之身存活于世，一边逐渐忘却原初的自我。

"师傅……"女童拉了拉女人的袖口，小声道，"他好像有点不对劲儿哎……"

"嗯，我感觉到了。"被唤作师傅的女人小步走到我跟前，毫不见外地探出双手，一左一右捧住了我的侧脸："别动，别怕，别慌。"

她低头闭目，表情渐渐变得狐疑，那女童则绕着我们两人转圈，跃跃欲试却又不敢上手："能……能让我也摸一下吗？"

虽然不知道她们为什么要摸，但我还是朝女童伸出手，任由她像拔河那样死死拉住。

"确实奇怪。"女人退后了半步,"我能感觉到思念,很强的思念,但却不知道你在思念什么东西。"

思念……如果说孑然一身的我还有这种情绪的话,对象应该只可能是她了吧。

"不是东西,她叫小旋,"我犹豫了一下,"和你们一样,是个信鸽。"

"唉?"女童又惊又喜,"师傅师傅!你听见了吗?!他思念的是……是信鸽哎!"

"原来如此。"女人面带忧伤地点了点头,"你心里念着的只是一个不存在于现世的投影,难怪我一点都感觉不到她。"

虽然我没指望随便遇上一个信鸽就能打听到小旋的下落,但她的话还是让我十分吃惊:"不会吧?信鸽之间应该是能知道彼此动向的吧?我记得小旋说过,你们共享一个……一个叫什么来着?时刻表的东西?"

女人先是吃惊地愣了一下,旋即露出一丝苦笑:"有烟吗?酒也行。"

"怎么?"

"我想听听你的故事,你和那位小旋的故事。"她指了指自己,又指向女童,"我叫菲尔,这个小丫头片子叫吉娜,是我的学徒,你呢?"

雨停时已经是第二天的清晨，整条河谷里的水位都上涨了少说五厘米。洗漱完毕的菲尔与吉娜裹着罩衣，在我身后亦步亦趋，向最近的游牧小镇进发。

由于昨晚聊着聊着，这两人就相继发出了鼾声，所以也不好确定我的故事她们到底听进去了多少，正好路上无事，便又再讲了一遍。起先，吉娜还听得十分入神，但没走几步路，就开始抱怨起来。

"还有多远呀？还有多远呀？我走不动了。"

我也乘机问道："信鸽的神龛，应该是用来汇聚思念的地方，为什么要建得离居民区这么远？"

"因为这根本就不是什么狗屁神龛啊！"菲尔没好气地道，"这是训练信鸽用的锚，要的就是远离人烟。"

说着，这女人还瞪了她的学徒一眼："别闹了啊！徒步远行是信鸽最重要的基本技能之一，懂吗？"

"懂是懂，"女童可怜巴巴地噘了噘嘴，"可我……我脚疼啊！"

"咬牙挺住！"菲尔指了一下前方，"离镇子不远了，再坚持下！"

我昨晚就发现，虽同为信鸽，但这女人和小旋相比，性格上简直可以说是完全相反——急躁、刻薄、凶暴，还有点莫名的焦虑……倒是挺接地气的。

"她还是个小孩子，你对她是不是太狠了点？"

"狠？我师傅可比这狠多了，"菲尔笑道，"为了完成那贱人的训练，我死了得有十次好吗？"

我一愣，顿足问道："感觉……你好像对其他信鸽挺有意见啊。"

"呵，也许吧，反正除了我自己，我这辈子就见过一个信鸽——我的师傅。"菲尔伸手揉了揉吉娜的小脑袋，"这丫头片子要是能完成训练，那我就算是见过两个了。"

"所以，"我若有所悟，"你们这些信鸽是独居生物！阿兰那家伙还真没说错啊。"

"信鸽是怎么样的，我既不清楚也不关心，但就算只是从简单的概率上来计算，你觉得在这个茫茫星海之中，两个信鸽碰巧相遇的机会能有多大？"菲尔摇摇手，"至于我嘛，如果我发现这个星球上有另一个信鸽，就绝不会再来了。"她看向远方的沙丘，轻叹了口气，"我想，其他人也一样吧，包括这个丫头片子，别看她现在像个跟屁虫，等训练真的完成了，她就再也不会想要见到我了。"

"不！不会的！"吉娜突然显得很激动，双手乱颤，"我会永远感激师傅你的！"

"永远不要许下承诺，傻丫头，"菲尔眼中闪烁出难得一见的温柔，"等你成为信鸽之后，每一次离去都是永别，你的承诺只会徒留遗憾。"

"可是，"女孩可怜巴巴地望向我，"这位叔叔的信鸽，不就是和他约好了再见面的吗？"

"是啊？"菲尔眉角一挑，"那她现在人呢？真要是守约的话，这位叔叔为什么还在到处找她？"

"不，这不怪她，是我的错。"我当然没有把我帮助阿兰抓走小旋的事情告诉这二位——也许说出口后，她们眨眼就跑路不见了，"我想找她也是这个原因——我欠她一句对不起。"

"哦，不必费心了，"菲尔苦笑一声，"你的恩情也好，仇怨也好，她早就抛诸脑后了，你说什么对不起，只会让她觉得莫名其妙罢了。"

"但是，遗忘毕竟不是原谅啊！对不对？"

菲尔总是阴气沉沉的脸上，闪过一瞬感动的光，但很快又冷了下去："可惜了，我没有办法帮你找到她，任何其他信鸽恐怕也都做不到。"

"难道你们就没有个组织什么的吗？比如，信鸽协会之类的？"

"我不知道也不在乎，但是，"菲尔耸耸肩，"我觉得应该是没有，因为如果真有什么协会组织的话，现在我阳寿将尽，还带着个蠢徒弟，怎么着也应该派人来慰问慰问才对。"

"啊？"吉娜一惊，"蠢徒弟是谁？"

"阳寿将尽？"我也一惊，"这你是怎么知道的？"

"宿命，信鸽的一切，都是宿命，可爱的宿命。"菲尔将牙齿咬得咯咯作响，无意识地抱紧了自己的胳膊，"可憎的宿命！"

我正犹豫着要不要追问下去时，不远处的小丘边上出现了人影——是一队开着小车的本地人，他们就像生活在这颗行星上的其他淳朴游牧民一样，全无警惕地朝这边挥手致意，而吉娜也不顾菲尔的拉扯，飞也似的朝小车跑去。

"喂！都说要矜持一点了！"菲尔挠了挠头，"算了，自己选的学徒，含着泪也得教完啊！"

"那你又是为什么要选她做学徒的？"我恍然大悟，"哦！我懂了！又是因为宿命！对吧？"

"是，不过，是她的宿命，不是我的。"

菲尔说着，也裹紧罩衣，加快了步子，迎向小车。牧民们并没有认出信鸽，但依旧十分热情，就是车上有一股子怪异的尿臊味，颠簸得十分厉害，对拥有军用级义体的我而言，还不如走路来得舒坦。

我们抵达镇上的时候恰逢正午，炊烟四起，饭食的香味混杂着炭火燃烧的气息，让本来就吵闹着肚子饿了的吉娜再也控制不住，像病发的小狗那样，冲向了全镇唯一的一家餐馆。

"哎呀，矜持！矜持！我的天哪！"菲尔抓狂地挠着脑袋，"你到底是从哪个乡下长大的野人啊！"

这家餐馆的特色被称为"沙泥面"，是一种将可食用泥土拌在菜和肉里的诡异食物，味道一言难尽，但吉娜还是吃得很香，恨不得把头整个儿都埋进饭盆里。而菲尔则显得相当克制——她轻轻拢住自己的长发，用筷子夹起黏糊糊的面团，慢条斯理地咀嚼吞咽。我相信她一定也是很饿的，不然不会让我又帮她点了一盆，但即便如此，她的吃相依旧十分优雅——优雅得不像是普通老百姓。

这让我不禁对她的身世好奇起来："你也是被师傅选中，才成为信鸽的吗？"

"是啊！当时我还挺兴奋，感觉总算可以改变原先一成不变的生活了。"菲尔用袖口轻拭嘴角，"虽然说不上是后悔，但如果再让我选一次的话，我肯定不会走上这条路。"

"你在成为信鸽以前，是大户人家的千金吧？"

菲尔愣了一下，继而掩嘴而笑："呵呵，差一点点就被你说中了，我是和大户人家有点关系，可惜啊，不是什么千金。"她朝我侧了侧身子，抛了个媚眼，"是情妇哦，情妇。"

"原来如此。那你的师傅，算是横刀夺爱了吧？"

"她当然经过了我情人的同意，就好像我带走这丫头时，"菲尔伸手摸了摸吉娜的后脑勺，"也一定是经过了她父母的同意一样。"

吉娜把空饭盆重重搁在桌上，"嗯嗯嗯"地猛摇了摇头："不对不对，我是孤儿，你是在福利院里把我带走的！我跟你说过好几次啦！"

菲尔点点头："嗯，也许是说过很多次吧，真对不起，我没有一次能记住。"

"不会吧？"我不禁有些惊讶，"难道你连自己学徒的事情，也记不住吗？"

"你对信鸽的秘密掌握得越多，俗世中的一切也就离你越远。每

· 信 鸽 ·

一个信鸽都知道自己有个师傅，但她们永远也不确定，在茫茫星海之中，自己是否曾经有过一位徒弟。"菲尔握住吉娜的小手，"丫头，你跟着我，有多久了？"

"嗯？呜……"吉娜犹豫了片刻，"感觉挺久了，三年？差不多吧。"

"可对我来说，你就只是个昨天刚认识的野丫头而已。"菲尔轻弹了一下吉娜的脑门，"话说你可是够笨的呀，三年时间，你跟着我跑了得有十个世界了吧？我以前可是只花一年就出师了哦。"

吉娜噘起了嘴巴，颇有些不服气地小声嘟囔道："一年……难怪你不喜欢自己的师傅，就是因为相处的时间太短了。"

"是啊！"菲尔非但没有生气，反而面带幽怨地长出了一口气，"如果事先知道了她是我最后能记住的人，与她在一起的经历，就是我最后能记住的回忆，也许……"她用拳头顶住额头，"可那个时候的我，已经被所谓的新生冲昏了头脑，迫不及待地想要看看未知的世界，就像是刚刚学会飞行的雏鸟，渴望振翅冲向天空。你明白我的意思吗？"

我点了点头——还真不是客套，我每次更换了新的配件或者器官之后，都会想要找个机会施展一番，和她所说的雏鸟欲飞，应该是差不多的感觉吧。

"之后呢？你很快就厌倦了？"

"怎么可能？我所获得的力量……是自由啊！绝对的自由！人怎

么可能会厌倦自由呢？"菲尔的表情夸张地扭曲着，说不清到底是喜悦抑或痛苦，"而且，无论我去过哪里、经历过什么，在我离开那个世界的同时，一切都会变成过眼云烟，就算我会厌倦吧，又能厌倦什么呢？"

"有意思，"我若有所悟地笑道，"我这样的候鸟一辈子都在为那些没法出远门的人服务，让他们体验游历四方的虚假记忆，而你们则刚好相反，一辈子都在游历四方，却留不下一点记忆。"

"那么让你来选呢？你是愿意做一只候鸟，还是一个信鸽？"

曾经，我也幻想过拥有小旋那样的力量，但现在看来，那根本不是什么自由。或者说，这样的自由，对我根本就没有意义。

"我原本的大脑已经老化，基本上丧失功能了，完全依靠植入的人工元件才能正常思考。"我点了点太阳穴，"所以对我来说，记忆就是人生的全部，所以我没得选。不过，如果我现在说想要成为信鸽的话，你能收我做徒弟吗？"

"你？"她的目光变得有些暧昧，上下扫了我两眼，"不行不行，你现在这个模样，阳寿肯定早就耗尽了，第一次旅行就是终焉之旅，直接就会泯灭在虚空之中了。"

我突然想起，小旋提到过所谓的终焉之旅——在很多年前，当时以为那只是某种文艺女青年的夸张表述，但现在结合菲尔的说辞来看，应该是所有信鸽的共同结局，不会错了。

"那么你呢？你说你自己也是阳寿将尽，是不是很快也会踏上这个什么终焉之旅?"

"是啊,虽然不能确定具体还能旅行多少次,但现在,终焉将近的感觉是越来越明显了,只希望我还来得及教完这个小丫头。不,一定来得及,"她看向吉娜,无论眼神还是声音,都带着不曾有过的怜爱,"这是你命中注定的事,而我只是附在这份宿命上的匆匆过客而已。"

吉娜似懂非懂地"哦"了一声,又往嘴里塞了一口沙泥面。

"那如果……不去踏上终焉之旅呢?你们信鸽好像根本就不会衰老,不想泯灭的话,你完全可以选择一个喜欢的地方,待到天荒地老啊?"

菲尔神秘兮兮地哼笑了一声:"雏鸟学会的第一个技能,不是飞翔,而是饥饿。"

"饥饿?"我打了个激灵,不禁想起了被阿兰关在实验室中的小旋,"是指对思念的渴望吗?"

"渴望?不,这说得太轻描淡写了——那是一种难以抗拒的欲念,一道至高无上的命令,是从灵魂最深处发出的呐喊。你必须照做,没有任何商量的余地,也没有讨价还价的空间,宛若神明一样的力量驱使着你,让你不顾一切地想要离开这个世界。"

"要是因为某种原因走不了呢?"我开玩笑似的试探道,"比如被绑了起来,然后有很多人轮流盯着你看?"

菲尔深吸了一口气,显得既困惑又惊恐,"你难道是想用这种办法,来留住你那位信鸽朋友?"

"不,我只是……"

"答应我——"菲尔用手紧紧扣住我的肩膀,神色凝重,"无论你有什么理由,别这么做,别这么做,别这么做。"

菲尔和吉娜并没有在镇上待太久——她们本就不是到这里来传递思念的,而镇民虽然好客,却也不愿对我们这些异乡人吐露心声,唯独一位似乎已经有些老年痴呆的长者,拉着两人谈了一宿。第二天一早,她们又匆匆拜别,继续那属于两个人的修行之旅。

"你们下一站,是要去帮那位老奶奶传递思念吗?"

"她思念的儿子就住在楼下,"菲尔没好气地道,"每天都能见到!"

"她只是记不得了而已,"吉娜乐呵呵地补充道,"只要老爷爷提醒一下,她就又能想起来,思念也就不存在了。"

吉娜的话又让我想起了小旋——她虽然并没有老年痴呆,但每次见面之后,她也需要提醒一下,才能与我重新相认。

"不是传递思念,那就是要去下一个训练地点了?"

"没错。"菲尔点点头,"一个很远很远的地方。不过,在走之前,我们还有一件事要做,能请先生你帮个忙吗?"

我欣然同意,菲尔要求的事也非常简单:租一辆小车,把她们送到河谷里的神殿——就是与我相遇时的那座高塔。

·信 鸽·

两人在里面进行了一番简单的清扫,把燃尽的蜡烛移走,又将事先已经叠好洗净的罩衣放在水池边,一切完成之后,菲尔又舀起一捧水,缓缓地仰头饮下,而吉娜跟在她身旁,小心翼翼地有样学样,整个过程肃穆而端庄,就像是某种宗教仪式。

"这座神殿……都是由你们信鸽亲自维护吗?"

"这里是重要的训练场所,"菲尔起身道,"所以如果没人打理的话,下一个带着学徒来到此地的信鸽,一定会很伤脑筋吧。"

"那像这种地方,这样的训练场所,总共有多少座啊?"

"二十五,不,现在是二十六座了,"菲尔一愣,"哦,你说的是总数量吗?从过往的行程来说,我去过的是二十六座,不过总数嘛,我看看……"她闭上眼睛,用手指点了几下眉心,"一、二、三、四……四千座?我能看到的大概就这么多了。"

"四千……座……"我难以自抑地惊呼了一声,"是谁造了这么多神殿?什么时候造的?"

"从没人教过我这些。让我来猜的话,"菲尔伸手指了指天花板,"一定是神明吧?"

神明……虽然听起来有些讽刺,但这可能就是阿兰博士之类的学者所苦苦探寻的答案——在这个银河系里,有数不清的人将信鸽奉为神明,加以膜拜与憧憬;也许他们都错了,信鸽并不是神,而是神明的工具,是践行神明意志的天使。

但问题是,如果真有这么个神明,他为什么要做这种事?如果说每一位信鸽都以"师傅带徒弟"的方式出现,那么所有信鸽的第一位师傅又是谁呢?

"时间也差不多了,我们得走了。"菲尔温柔地将吉娜环抱在身前,"感谢这几天的照料,我的学徒现在还没有变成信鸽,她会记住先生你的。"

"一路顺风。如果你有机会见到小旋的话,能帮我传递思念吗?"

"对不起这种话,还是要当面讲,才有意义吧?"

"哦,也是。"

"不过先生你的这句对不起,我记下了,我的学徒也记下了,原本只属于你一个人的思念,现在已经属于我们三个人了,假以时日……"菲尔顿了顿,嘴角轻扬,自嘲似的笑道,"哎呀,我向来不擅长说谎。相信你也应该明白的吧?以你现在的办法,想要找到一个特定的信鸽,就算拥有无限的时间恐怕都做不到。"

"是啊,"我也笑了起来,"更何况,就算我拥有无限的时间,小旋她也等不了那么久吧。"

"所以我说啊,还是忘了她吧,也许她早就已经走完了自己的终焉之旅,你所苦苦追寻的,只是一个不存在的影子。"她摆摆手,"不过算了,以我对你这种男人的了解,说什么应该都不抵用吧。就权且,祝你好运。"

我点点头,转过身,水池边传来衣物轻轻坠落在石板上的声音——信鸽和她的学徒走了,就和她们来时一样,如风如影。

我回到镇上时,这里多了一些学者模样的访客,装备精良,人高马大,显然不是这颗行星上的土著——至少不是本地人。

"幸会,我们是三星联盟的科考队,"领头的大叔笑容十分油腻,"奉伟大祖国之召唤,前来对这片即将获得新生的蛮荒之地进行先期考察。"

在经历过阿兰博士那档子破事之后,我对所谓的科学家多少有些警惕,尤其是这些穿着制服、号称隶属于什么联盟或者什么协会的奇怪家伙,感觉他们浑身上下都散发着一种狐假虎威的恶臭。

镇民们议论纷纷,对于即将到来的伟大祖国,有的兴奋不已,有的忧虑重重,而我则对这里的命运毫不在意,满脑子只有菲尔临走时留下的话——就算我现在已经身处象巢联邦腹地,已经站在了小旋故居的门口,又要用什么办法,来确定她身处何方呢?就算是当真发生了奇迹,我知道了她的确切位置,她也不可能在原地等候,待我赶过去时,也只能是竹篮打水一场空。

这个无解的难题我早就明白,但它之所以现在又冒出来扰我心神,恰恰是因为我看到了解决它的一线光明——既然小旋不会等我,为什么我不能等她呢?

我花掉最后一分钱,在河谷的上方,一个风景壮美、可以鸟瞰整座神殿的悬崖边,造了一座小山庄,铺好了太阳能电板,又买了一些牲畜，准备过上与世隔绝的隐居生活，祈祷着小旋会在某一天出现在这座神殿里，带着她的徒弟一起。

我当然也知道，这个所谓的办法同样是大海捞针——河谷里的神殿足有四千座之多，而按菲尔的说法，她只去过其中的不到三十座，最乐观地计算，这也只有千分之六七的概率，至于小旋会不会有徒弟，会不会采用和菲尔一样的教学方法之类，根本就是没法考证的事情，毕竟说到底，我连她是不是还活着都不能确定。

但我还是很开心——一种混杂着亢奋、激动、紧张与期待的开心，简直就像待嫁的新娘，感觉人生已经有了盼头，一切都会变得不再一样。也许我只是厌倦了独自旅行，也许我只想找个地方停下，而等待小旋又给了我一个完美的借口，让我终于能够说服自己安顿余生。

最初的两年，着实有些辛苦——设备出了问题没人上门来修，河谷的天气总是阴晴不定，掠食动物过于狡猾而本地牲畜又过于弱智。好在，维持基本的生活倒没什么压力，以我现在这副军用级合成人的身板，哪怕是茹毛饮血、幕天席地，我也能够健康地生存下来，实在不行时，还可以利用太阳能电板充点电，保证最主要的合成器官工作——这也足够我苟活好几个月了。

第三年，鼓噪已久的三星联盟终于大驾光临。他们吞并了亚贝主星后，将大批失业人口移居至此，并利用自研的技术改良土地与环境，试图将整个殖民地建设成一个巨型的旅游胜地，并给这颗行星起了一个新名字——天堂回音。

乏人问津的贫困小镇，很快也脱胎换骨，淳朴的镇民们在真金白银面前毫无抵抗之力，几乎在一夜之间便学会了如何融入新秩序——放牧与种菜从生计变成了表演，山歌与舞蹈从娱乐变成了工作。外表还是老旧不堪的住宅，内部则用上了最现代化的设备，供水供电一应俱全，甚至还能收到信号，在家里观看弱智恶俗的娱乐节目。

在听说我是候鸟之后，三星联盟的人也上门来拜访过几次。起先，他们想让我做个小官，负责为游客做做引导、吹吹牛皮什么的。

"不，谢了，我不会离开这间屋子的。"几乎每一次，都是这样的对话。

"为什么？"

"不为什么。"

原本无论是神殿还是河谷，联盟的人都不觉得有多少开发价值，但"一位有几百年工作经验的候鸟在此定居还不肯离开"的传闻不胫而走，让越来越多的人相信，这里一定是藏有某种极致的美景。索性，我接受了这个设定——与其让乱七八糟的乌合之众把神殿弄乱，不如让我这样的专业人士来打理。

我煞有介事地编造了一番说辞，声称神殿是殖民时代早期的遗迹，可能已有一两千年的历史，里面的布局和陈设都严格按照某种宗教教义的规定，不慎破坏的话，既是对传统精神的亵渎，也有可能遭到天谴——这样一来，无论是天不怕地不怕的无神论者还是疑神疑鬼的信教群众，在参观神殿时都多少会有些敬畏，维护起来也就省了很多事。

在参观者中，当然也有极少数人一眼就能看出这地方和信鸽有关，甚至有几个觉得自己足够幸运，能够亲眼见到信鸽，便选择住了下来。但他们最多也就坚持个一两年便到头了，而真想要遇上信鸽，这点时间可远远不够。

实际上，第一对师徒现身，已经是在我定居于河谷的三十年后了，两人还格外害羞，我只是老远地打了个招呼，她们便匆匆忙忙地藏身于石柱之后，待我靠近时，已经不见了踪影。

我原先以为自己习惯了漂泊游荡，适应不了长时间在一个地方定居，但没想到坚持下来之后，倒也挺惬意。绝大多数游客也并不需要我去费心关照，三星联盟提供的服务机器人能够很好地完成任务——说是植入了广受好评的人性化服务模组，从做饭送水到拍照跑腿，既不会生气，也从不厌烦，甚至还懂得看护人类幼崽，到最后，连我自己的旅行故事也能由它们代为讲解。

由于小镇上的原住民普遍信仰醒灵教，在接下来的一个世纪里，几乎所有的成年人都离开了尘世，我阴差阳错地成为资历最老的土著。三星联盟则发生了政变，被改组为七星共同体，由一个超级人工智能大贤者统御。这位大贤者是个冷硬的工业党，觉得单独开辟一个行星用来旅游太过浪费，便将天堂回音改名为AK29，将本已颇具规模的旅游小镇推倒重建。延绵数百里的大草原也被改造成了良田，分门别类地种植着各种各样的作物。

共同体的地方官员找到了我，他们像是生怕别人认不出他们经过了合成改造一样，把棱角分明的金属植入物暴露在最显眼的部位上，简直俗不可耐。

"根据大贤者的命令，所有共同体的公民都必须在能够接收到大贤者直接指示的监督者监督下生存，也就是——像我们这样的监督者。"

另一人的双眼闪烁了几下红光，而后我的耳边便响起了扫描警报，他退了半步，显得有些慌神："前辈！这家伙不得了！是全身义体，军用级的。"

"军用义体？"被唤作前辈的官员将信将疑，"怎么外表看上去和原生人类一模一样？"

"那不是人皮，是某种活性生物材料。"另一人怯生生地回道，"这家伙身上，技术含量非常高，做工也极好，价格可能比我们最好的合成人还要贵且贵许多。"

"有意思。你既然已经选择了全身义体，为什么还要保留这张人类的面孔？又不是很好看。"

我对这位前辈的态度和语气都相当反感，便不耐烦地回道："这关你何事？我只是想要记住自己原本的相貌而已。"

"很好！"不承想对方用力拍了拍我的肩膀，似乎十分高兴，"共同体就是需要你这样不忘初心的人才！"

这两位官员完全无视了我的意见，自说自话地决定授予我保民官的称号——理论上说，方圆一百里以内的所有住户都需要接受我的保护，然而自从联盟改组以来，我连附近的小镇都再没有去过，对守一方平安更是毫无兴趣。

没了游客之后，空荡荡的山庄多少显得有些阴森，一切又恢复到了我最初设想的模样。共同体曾打算在河谷上游修筑大坝，将整个区域变成水库，所幸大贤者事必躬亲，效率极差，这个磨磨蹭蹭的计划始终停留在筹备阶段，连着十几年都没有任何进展。

远方的荒原渐渐被绿色所覆盖，继而是五花八门的植物——绿色的科尔留地瓜，橙色的金刚纤维草，黄黑相间的龙面包树……我不清楚大贤者是出于何种理由把如此众多的作物混种在一起，但有一说一，远远望过去，还有点艺术感。

起初，大贤者对信鸽的传说不屑一顾，认定那不过是愚者的迷信，可当他获知确实有人从那汪浅池中钻出来——还不止一次之后，便突然又燃起了高级人工智能所特有的求知欲。他在神殿的里里外外都安装了监控，并且按照我的提醒，将录像设置成每隔十秒停顿半秒——这足够信鸽们降临了。

就和没有敬畏之心的阿兰一样，大贤者也设计了一系列捕捉和研究信鸽的办法，但他毕竟是这方面的新手，再加上我的假意配合，在接下来的一百年里，又有六对师徒出现，并且都与我进行了交流，而大贤者的计划却没有成功过一次。

在这些交流中，我对信鸽们的了解又增进了不少，但随之而来的疑问反而更大了。我小时候曾听说过一句话叫"科学的尽头是神学"，且不说它是对是错，至少在信鸽这件事上我感同身受。再说，我既不是阿兰也不是大贤者，他们尚且花费了无数心血与资源也没研究出个所以然来，我何必为了那个我并不在意的真相而去自寻烦恼呢？

在告别了最后一对信鸽师徒之后，AK29上的氛围发生了微妙的变化——在地面和轨道上，大贤者的工程队开始忙碌起来，就算是不懂军事的我，也能看出那些插满了炮管的东西应该是某种防御工事。这可着实不是什么好兆头。

"是维斯弥尔圣权。"大贤者的联络官解释道，"他们的舰队已经在向这里进发，天文观测显示，先头部队再有十九年就会抵达亚贝大区。"

"圣权？"我略作思索，"该不会，就是维斯弥尔教团搞的那个什么帝国吧？"

"是啊。"联络官忧心忡忡地回道，"他们在圣皇卢卡的统御之下，妄图征服整个已知世界。"

"圣、圣皇卢卡？"我苦笑一声，"他还真敢给自己起名啊。"

"嗯，维斯弥尔圣权这名号也是他给起的，这疯子的军队已经控制了二十七个大区，现在正组织第三轮大远征，向边缘世界挺进。"

正在修剪盆景的我，突然大惊失色："二什么？二十七个大区?"

"二十七个大区。至少最后一次得到的消息是这样,现在可能更多了吧?"

二十七个大区,那是数百万个星系,数千乃至上万颗有人居住的星球,数不清的空间站、太空城和小行星基地。在我的脑海中,立即浮现出一幅星辰大海的可怕景象,它横跨数百光年的虚空,简直可以说是壮观到令人窒息,已经远远超过我的理解能力了。

"怎么会?那么多的世界,那么多的人口,都被一个宗教集团征服了?这怎么可能!"

"因为在文明世界的中心地带,有很多星球都已经是空壳子了呀,他们缺少大贤者这样睿智的统治者,逐渐堕落腐化,醉心于各种低俗廉价的娱乐,最终要么是迷失在虚拟世界的无尽空虚之中,要么……"联络官耸了耸肩,"我不知道,反正,在悍不畏死的信徒面前,他们全都无力抵抗。或者,压根就没有抵抗。"

这又让我想起阿兰曾说过的话——世界的终结,看来正在迫近了啊。

"那共同体呢?你们打算抵抗到底?"

"当然!"对方斩钉截铁,"我们有睿智的大贤者指导,怎么可能输给那些愚蠢的唯心主义傻瓜!"

他挥舞双拳的样子,充满了力量。

至少在 AK29 所在的这个星系里，七星共同体的抵抗只维持了大概六个星期。

我虽然去过很多世界，也经历过惨烈的地面冲突，但真正的星际战争，这辈子还是头一次见到。

起先，夜空中多出了无数颗星，如求偶的萤火虫那般互相吸引，慢慢靠近，在冰冷的舞台上翩翩起舞，闪烁不定，而其中一部分暗淡下去后就再不亮起，融化在了黑暗的幕布之中。

没多久，战火迫近了行星，河谷对面，像小山那样巨大的质量投射器解开了伪装护甲，开始以半小时一发的速率向空中释放亚光速弹头，每一次都激起一波有如地震般的剧烈摇颤。

又过了几天，已经可以用肉眼看到维斯弥尔圣权的战舰，它们形同细小的蚊蝇，在轨道上列阵编组，向地平线的尽头投掷下一道又一道金闪闪的细线。其中一道细线由远及近，化作恐怖的火球，砸在质量投射器上，瞬间地动山摇，高大的蘑菇云腾空而起，接下来便是持续整整两天的昏暗。

阴云散去之后，细小的"蚊蝇"变成了一只只丑陋怪诞的"拖鞋"，而在地面上，隐藏于航空基地中的无人机群蜂拥而出，遮云蔽日，就像一片片逆行而上的黑色瀑布，逼向轨道。空战进行了三天三夜，战机与残骸如暴雨般纷纷坠下，其中一部圣瓦尔基里级武器平台坠向河谷，断成两截，一半砸塌了神殿，一半砸毁了山庄，而我也险些葬身其中。

不知过了多久,当圣权军的士兵将我的半截残躯从废墟中拖出来时,我扫了一眼外面的世界——龟裂的大地,燃烧的钢铁,无边无际的浓烟……与这里的景象一比,地狱恐怕也得自叹不如。

由于我近乎百分之百的改造比率以及军用级别的义体,很自然地被当成了大贤者手下的高官,凶神恶煞的军官罗列了一长串罪名——其中十七项和亵渎维斯弥尔有关,负责宣读的士兵越发激动,听众们也是潸然泪下。

"你还有什么遗言吗?"军官冷冷地问道。

"唉?不对吧?"我惊道,"你们不是应该先问我认不认罪的吗?"

"你说得很好!那么就现在开始行刑吧!"

"不是,你……"

他们兴高采烈地搬来了一台像是研磨机的东西,上面贴着大大小小写满了符文的破烂布条,说不清是军士还是什么怪人一边念咒唱法,一边手舞足蹈,折腾了半个小时,直到一位身披五彩长袍的大人物来到现场时,他才停下,并招呼起士兵,把我拉向那台研磨机。

"等等!"大人物突然抬手中断了行刑,他慢慢起身,走到我跟前,"我认识这个标识!"他指着我破损不堪、已经露出元件的胸口,"这是老近卫军的标识!这种义体的生产技术早就遗失了,你、你到底是什么人?"

当我讲出自己名字的那一刻，这位大人物突然用尽全身力气似的，猛然倒吸了一口凉气："是你啊！我记得你！你是那只候鸟！在克罗深渊的那只候鸟！卢卡陛下那时候还只是一位侯爵呢！"当着数百名士兵的面，他激动地将我抱起，"还记得我吗？是我啊！我！"

"你……呃……"我赶忙装出一副恍然大悟的神情，"哦！对对！我想起来了！你是卢卡侯……卢卡陛下的贴身侍卫！"

"不，"他阴下脸，"我是他的猫——"似乎是担心我不理解一般，他拍了拍自己的腿，"就是喜欢趴他腿上的那只猫。"

我点点头，放弃了思考——随便吧，你敢说我就敢信。

圣权征服了整颗AK29之后，立即改名叫血鹰圣星，同时也大张旗鼓地搞了一番建设。他们把果园农田什么的全部铲平，兴修了许多完全不知所谓的庙宇和神龛。我一开始不确定卢卡的帝国对这里有什么打算，在它迁走了百分之九十的居民之后，就更感困惑了。不过老实说，我其实也并不想知道答案。

由于之前的战乱，河谷已经干涸，半毁的神殿中亦没了池水，我设法向那只猫借了一台老旧的多功能工程机，把残骸废石啥的都清了出去，重修了池子，搭上了帐篷，还特意灌上了干净的水。

没什么事好做，我又自己动手，一砖一瓦地从头开始复建山庄，同时还不忘每天去查看一下水池，看看蜡烛有没有熄灭，衣物有没有被拿走。

但不知是战争破坏了风水，还是神殿本身的结构出了问题，在那之后，连续三十年，信鸽再也没有出现过。

在山庄初具规模之后，一些奇装异服的旅人零零星星地过来拜访；通过交谈得知，他们来自亚贝大区的中心地带，是躲避战乱的难民，当维斯弥尔的圣权舰队离开后，他们选择了这颗行星定居，其中一部分就住在十里外的小镇上。

他们的头儿问我为什么会在这里，如此孤独落寞地眺望着一片废土，我点点头，用缺乏维护的脸挤出一抹僵硬的笑。

"在等人。"

"等谁？"

"一个老朋友。"

"你等了他多久？"

"快有，三百年了，嗯。"

"那还要等多久？"

"不知道，也许不会来了。"

"哦，我懂了。"

"你懂什么了？"

"重要的不是他会不会来，而是你在不在等。"过去我最烦这种好像说了什么、实际上什么也没说的哲言，但是这一次，我觉得这个人的话很有道理，"就像，那些对着星空祈祷的维斯弥尔人一样，他们其实并不在意有没有人听见，因为祈祷本身，就有足够的意义了。"

就这样，春去春又来，又过去了半个沧海桑田的世纪，原本寸草不生的荒原，逐渐恢复了生机。鲜嫩翠绿的小苗，在细雨后一片一片地冒出头来，这种本土原生的植物，经历了游牧畜群的啃食、工业化的改造和毁天灭地的战火之后，竟然顽强地幸存了下来，重新占领了大地，比任何一个曾经在这里存在过的文明——无论是联盟、共同体或者帝国，都要坚挺。

一切就像是转圈的衔尾蛇，我再次回到了最初的状态——养着一群弱智的本地牲口，独居在悬崖边的大宅中。只是这一次，我变成了当地镇民心目中的世外高人，不断有善男信女送来供品，咨询星系历史、科学知识、奇闻逸事……有时是单纯地聊天诉苦，有时甚至是什么都不说，在我膝边默默地哭泣。

流落至此的难民人数虽然不少，但技术非常落后，设备也缺损不堪，我本想找地方维护一下快要散架的义体，却四处碰壁。最后，在几百公里外的海边，我找到了一位怪咖工程师，他原先在七星共同体的战列舰上服役，所掌握的技术在一般难民眼里简直就是魔法。但即便如此，缺乏设备和材料的他也难为无米之炊，只能打补丁似的胡乱修整一番，用各种不同年代、不同产地的零配件给我续了命。

镜中的那个人，或者说那个东西是如此怪异，就像是把十个款式完全不同的人偶全部扯碎再重新拼接在一起。不，有些还不是人偶的部件——比如，这条用农业机械改造而来的左臂；恳求工程师尽力维持脸部原本的模样,现在看来是个败笔,这让我看起来更加惊悚,像极了廉价恐怖片里的大反派。

"不慌,"他递给我一件带有兜帽的长斗篷,"我这儿啊,接待过几个像你这样的客户,只露脸,其他部位遮起来就好啦。"

当我带着这身行头回到山庄时,曾经向我求学过的男女老少一路迎候——也不知道是谁造的谣,他们以为我修仙问道归来,已经从世外高人晋升成了某种……反正比世外高人更牛的存在。

为了不让愚昧的镇民把我烦死,我将计就计,制定了一套规定,限制了每天的访客时间和人数。我通常会在一个能够俯瞰神殿的阳台上与来者交谈,他们以为这是仪式的一部分,而我也正好可以通过这种方式,来提醒自己不忘初心,毕竟,信鸽们已经有快半个世纪没有出现过了。她们也许……

很快,我的名声不胫而走,十里八乡都有了谷中仙的传说,有些人不远百里,只是为了听我说个段子,而我也渐渐在这些无尽的交谈中找到了乐趣。我猜,信鸽搜集思念的时候,也是体会着类似的快乐吧。

相对而言,我更喜欢和小孩子们交谈,他们没那么多杂念与烦恼,不会天天寻思"要怎么才能发财""要怎么才能恋爱"之类其实我也说不明白的问题,只需要讲一点身为候鸟时的小故事就能打发,要是再表演些魔术戏法之类的,就能得到天神下凡般的崇拜。

·信 鸽·

最主要的是，无论我说的东西有多离谱，他们都会信。

"你刚刚说的那什么信鸽……当真能穿越星空，帮人传话吗？"黄毛丫头瞪着水汪汪的大眼睛，摇晃着我本来就不那么稳固的肩膀，"不管多远都行吗？也能帮我传话吗？！"

确切地说，应该是传递思念——不过小孩子嘛，还是解释得简单直白点比较好。

"当然是真的。"我笑着把她推开，正了正肩膀，"但你有什么话要传的呀？远在你出生之前，这里的人就已经丧失星际旅行能力了吧？"

"呜，我以为是骗子呢。"小女孩若有所思地皱起了眉头，"原来是真的，早知道就和她说说看了。"她突然又开心起来，"我也不知道要说什么，总之，就是想让住在遥远星星上的人知道，我想让他们过来玩！"

"喵，等等，你刚刚说的骗子，是什么意思？"

"镇上来了一个自称是信鸽的人，说是能帮忙送信还是什么来着。唉？大仙？大仙你去哪儿呀？大仙！"

我丢下女孩，以及在山庄外等待的另外几位访客，裹紧斗篷，乘上摩托，飞也似的向小镇冲去。

终于，一个信鸽！

在如此漫长的等待之后，这里终于迎来了又一个信鸽！现在我的心情，就像是溺水的人抓住了一根救命稻草——冥冥之中，我意识到，这多半就是此生最后的机会了。

也许是因为有太久没有来过，小镇完全不是印象中的那个模样了。不，现在再用小镇来描述它已经不合适了——不知从哪里涌来的几十万人，把这里变成了一座城市。市中心是半截运输船，它被竖了起来，几条巨型电缆连接着仍在运作的超泡引擎，为所有居民提供能源。

城中密密匝匝的房舍，显然来自大相径庭的数个文明——内圈的砖石平房还保留着游牧风情，数量最庞大的小公寓则俨然一派现代气息，而在某些街区，完全是一片帐篷的海洋。

唯一的共同之处，就是欢乐——一种久违而纯粹的欢乐，好像所有人脸上都洋溢着憨憨的傻笑，无忧无虑，无拘无束。他们唱着跳着，开怀畅饮，狼吞虎咽。

"今天是什么节日吗？"我拉住一个头顶果盆的路人，"怎么到处都喜气洋洋的？"

"今天是布塔节啊！三年一度的布塔节！"她惊讶地反问道，"你是刚来本地吧？连这个都不知道？不过没关系！"她伸手从果盆里掏了一根瓜给我，"来！吃吧！你一定是追随着布塔而来！可喜可贺！"

仔细一想，以前好像是有听说过这么一个布塔节，但那时候这里的规模还很小，没什么人气，我也就懒得去深究它到底是个什么含义了。

我拎着瓜,有些尴尬地在路上游荡,开始后悔之前走得太急,没有带上那小姑娘一起……结果现在变成了无头苍蝇,完全不知道该怎么从茫茫人海中找到信鸽。

"大仙!大仙是你吗?"

突然,一个年轻男子远远地叫住了我,他看到我转身之后,兴奋地跑了过来,手里还摇动着半根烤肠:"是真的!你说的是真的!真的有用!"

我定睛细看——是一位经常来找我指点人生的愣头青,曾用我教的办法去相亲,虽然没有成功,但至少那一次他打赢了。

"慢点,年轻人,你说什么有用?"

"信鸽啊!信鸽真的来了!"他激动地猛咬了一口烤肠,"我们按您说的布局造了一座小神龛——就是什么水池啊蜡烛的那些,结果真的有用!"

"你……你还当真了啊。"我摇摇头,抱住他的肩膀,"不是,我说那个信鸽,她现在在哪儿?"

"在花市那边!离这里只有两条街!"

我甩开他,向花市方向奔去——对天发誓,当时我只是随便说说而已,怎么也没想到还真有人会去按照区区口述还原信鸽的神龛,更没想到他们竟然还成功了!竟然真的招来了一个信鸽!

不,仔细一琢磨,也并不是那么不可思议——信鸽的奇迹本来就是依靠口耳相传才存在于世，也许唤来她们的并不是水池、蜡烛、衣服这些形式，而是人们对信鸽的崇拜、期待与感激。

我一边狂奔，一边强迫自己冷静下来。现在的问题是，遇到信鸽之后，我要对她说些什么呢？

我拥有整个银河系中独一无二的人生经验——与小旋的羁绊，从阿兰博士那里得到的研究信息，与数对信鸽师徒们的攀谈……所有这一切，最终汇聚在河谷边隐居的漫长岁月之中，让我有足够的知识与时间去反复推敲接下来要说的每一句话。

没错，我相信自己找到了办法——就如同在茫茫沙海中寻找一颗米粒，原来根本就是天方夜谭，但如果拥有一只嗅觉灵敏的猎犬呢？机会或许依旧渺茫，但比起在悬崖上守株待兔，已然算是有了一点希望。

现在，我只需要说服来到此地的信鸽，让她成为那只能够找到米粒的猎犬即可！

我不清楚所谓的花市原先应该是什么模样，但现在它肯定不是个卖花的地方——铺满马赛克地砖的正方形小广场四周，围满了露天的排档与酒肆，到处都飘荡着食物与饮料的香甜，角落的艺人演奏着喜庆的音乐，欢声笑语的游人载歌载舞……萦绕在我身边的喧嚣如此近在咫尺，却又如此远在天边，我焦急地东张西望，茫然地四处乱窜，想要呼唤信鸽，却又不知道到底该喊什么好。

她是不是已经走了？会不会被好客的市民接回了家？我要不要

先去神龛那里找找线索？

就在这个不知所措的无助时刻，我一眼瞥见了那个端坐在长板凳上的瘦弱身影，她披着黑色的罩衣，伴随音乐的节奏轻跺着脚，不时捧起手中的茶盅，一口浅酌。

不会错的。这身装束，明显就是为信鸽而准备的衣物，我捏紧了双拳，甚至觉得手心里好像满是汗水——她会相信我吗？会按我说的去做吗？就算去做了，便真的能找到小旋吗？

不管了，事已至此，已经没有别的办法了。

"嘿，那个……你好。"我深吸一口气，决定开门见山，"请问你是信鸽……"

她半转过身来，撩下兜帽，抬头看向我，夕阳洒在那银色的披肩长发上，泛出淡淡的白光，眼角的皱纹与苍老的容颜，丝毫没有影响那绚丽的微笑，反而平添了一种安详之美。

但真正让我哑口失语的，是她瞳孔中散发的光芒——清澈，纯净，坦荡以及隐藏在这一切之后的妩媚。

一如初见。

我呆若木鸡地站在原地，感觉浑身都在打战，脑海中更是一片空白，不要说开口讲话，就是思考也完全停止了。

"先生？"她注意到了我的异样，捂着不太合身的罩衣站了起来，"呀，好强烈的思念啊，"她有些惊讶地上下打量了我一番，"您一定、一定是个有故事的人呢。"

这不温不火、慢条斯理的嗓音，打碎了关于不可能的最后一丝侥幸，也让我最终鼓起勇气，用同样风轻云淡的声音，问出了那个连我自己都不敢相信的问题："你是……小旋吧？"

她愣了一下，先是疑惑地皱紧了眉头，继而吃惊地张大了嘴巴："嗯？怎么回事？为什么你的思念……消失了？那么多的思念……全都……消失了……"

我长出一口气，笑着点了点头：

"所以，你果然是小旋。"

她用手捂住了嘴巴，眼里闪动着晶莹的泪花——在记忆中，我从未见过她哭——我从未见过任何一个信鸽哭。

她娇小的身体微颤了许久，我则一语不发地等待着。两分钟后，她终于平复了情绪，放下手，清了清嗓子：

"没错。我是小旋，您又是——"

我一步向前，轻轻握住她的双肩，微微欠身，额头相抵："对不起。"

"你……"

"不，别……什么也别说。"我保持着姿势，一动不动，"对不起。"

足足一分钟之后，我才松开了手。

"算啦，"小旋笑着摇了摇头，"就算我问为什么，你应该一时半会儿也解释不清楚吧。"

又一轮音乐响起，小广场上的舞者们欢呼了几声，改变了队形，外圈的人两两一组，内圈的人则四四一组，手拉着手，开始随着节奏转起圈来——是曼卡卡。

竟然是，曼卡卡。

此时此刻，恰如彼时彼刻。

"是解释不清楚，一时半会儿……"我朝小旋伸出手，"不如先跳支舞吧，跟着大家一起。"

她按住自己斑白的鬓发，蹙眉犹豫着："可我……不会跳舞。"

"我教你，无论是曼卡卡，"我顿了一下，那压抑已久的情绪终于决堤，从义体中发出的声音，都变得打起战来，"还是希梅亚，我都可以教你。"

"你！你怎么可能连这个都……"小旋眨了眨眼睛，轻轻叹了口气，接过了我的手——那条用农业机械改造而来的手，"既然连这个都知道。你肯定也明白的吧，无论做什么，你都留不住我，我总是要走的。"

"我懂。"我笑道，"只有孤独才是信鸽最忠贞的伴侣。"

"嗯。一个人来，一个人走，这是我们的宿命。"

"都一样，所有人，都一样。人生终归是一场不了了之，所以……"我突然领悟了父亲未曾说出的后半句话，"能够随缘，已算尽兴。"

小旋轻轻摩挲着我的手，露出复杂的表情，说不上来是高兴还是伤感，抑或两者皆有："可惜啊……我的时间……不多了。"

"还够学一支舞吗？"

她盯着我，沉默了好一会儿："够。"

我牵着小旋，走进正在翩翩起舞的人群，加入这场黄昏中的狂欢。

不需要任何统计，我确信自己是整个银河系里最幸运的人——没有之一。

设定：

信鸽并非职业或者种群，而是一种智慧生物的衍生物，是文明达到跨恒星系这个水平之后，天然产生的一种寄生体，其组织、秩序与生存方式都寄生于人类文明之上。当人类在现实世界中达到跨恒星系这个技术水平之后，在心灵世界中，人与人之间的思念却因为遥远的空间而割裂了，人类的群体无意识唤醒了某种机制，这种机制近乎本能，连运作它的信鸽们也不明其原理，但它的出现，平衡了现实世界与心灵世界之间的绝对失衡。

在这个现实世界与心灵世界叠加的系统中，有自由意志的普通人，因为压力和看不到希望，最后选择了躲进虚拟世界，而在肉体层面拥有绝对自由的信鸽，实际上同样也是机制的奴隶，甚至比普通人更不自由。

诀别诗

似此星辰非昨夜,为谁风露立中宵。

诀别诗

警报响起的时候,光典正在看书。

那种真正的书——柔软的纸,淡淡的墨香,磨砂般触感的封皮。

是一本诗集,花了他两个月的工资,但是值得——据店家说是灾厄之前的古物,极有可能还是孤本。上面的很多话他都看不太懂,古言字典也总是解释得模棱两可。

"似此星辰非昨夜,为谁风露立中宵。"

光典反复默念着昨夜背下的词句,只觉得很伤感,却怎么也琢磨不出其中深意,更感受不到半点风雅。他不得不承认自己天生就只是一个粗鲁的战士——既没有文人墨客的学识雅兴,也缺少工匠艺技的遗传,仅仅在"将目标移入准星后开火"之类的事情上有天分。就算是为了与姑娘约会时增加一点情趣而强行背下了这些诗词，恐怕也没法让自己显得文艺。更何况，那些看上自己的姑娘多半也都是因为战斗英雄这个头衔才动心的吧。

对，在新神州的整支卫戍舰队中，中尉军衔的光典毫无疑问是个小人物，但同时也是个英雄般的小人物，真真假假的宣传混杂在一起，曾经连他自己听来都会脸红——但好在现在并不会了。

踩着警报的节奏，他冲出宿舍，一边钻进电梯，一边扣紧作战服上的密封锁，将头盔夹在左腋之下——标准的预备站姿，就如电梯中的其他十二名飞行员一样。不同之处在于，光典的头盔漆成了红白相间、象征着他本人的专用配色，制服的胸前也镶着一整排徽记，银光闪闪。

"好像是克岩的袭扰队，"尴尬地沉默了几秒之后，一个女飞行员忍不住开口，"都不大，有三五十艘的样子。"

袭扰队，嗯——光典下意识地低头看了一眼自己胸口的徽章，这些功绩中，几乎全部都是靠刷袭扰队而得到的，真正与克岩主力交锋的那一场，自己似乎是被军方给保护着没有去参加。

"你听谁说的？"另一人狐疑地问道，"整个新神州的飞行员都被动员起来了，袭扰队来了用不着这么大动静吧？"

"据说是用视觉屏障绕过了外围侦察网，"回话的是一个有点肚腩的小胖子，"现在离新神州只有五十霓不到了。"

五十霓……光典在心中暗自估算着这个距离单位，以及与之相关的各项参数，虽然没有结论，但有一点可以确定——这支克岩袭扰队已经突破了新神州的所有长程防御，以星空作为参照系，它已经可以说是近在咫尺。

电梯在天梯中迅速攀行，很快就冲出了地面，向那远在云层之上的轨道平台奔去。

"这个月已经是第四次了，上个月一共才响了四次警报而已。"

"习惯就好，前些年克岩的舰队都是排着长蛇阵过来的，在雷达上都快连成一条线了。"

聊到这段的时候，光典终于忍不住了，他别过头，冷冷地看着身后的老兵："但那个时候，它们的一支袭扰队才几艘船，超过二十就被我们叫作主力了。"

果然，电梯里安静了下来——如果连眼前的战斗英雄都说出有些泄气的怨言，那再盲目乐观就显得有些蠢了。

光典其实并没有打击同袍自信心的意思，他只是喜欢安静——尤其当电梯行驶在半空，可以鸟瞰大地的这短暂时光里。

新神州——这真是光典能想象出来的宇宙间最美丽的一颗行星。

它干净得如此纯粹，放眼望去，弧形的地平线上不见一丝起伏——没有山峰，没有峡谷，没有森林，没有河川，只有反射着耀眼阳光的雪白沙漠，无边无垠。偶尔，在地下海洋涌出的地方，聚集了星星点点的楼宇，那是人类存在于此的证明。

这是光典的家，是他出生之地，是他想要守护之地，是他愿意为之牺牲之地。

到达机库的时候,所有舱门都已经完全打开,被地勤人员调试完成的武器已推上了弹射架。这些闭锁着外壳的十字铆钉深空战机,像一颗颗巨大而饱满的雨滴,斜躺着等待主人的降临。

红白相间的专用机前,熟识的地勤小组已经站成一排,向光典行礼致敬:"祝阁下武运昌隆。""披荆斩棘。"

光典不苟言笑地向两人回礼示意,匆匆爬进了十字铆钉的驾驶舱,把那本偷偷带出宿舍的诗集放进杂物箱,一边扣紧头盔,一边按下了"最终状态确认"的按钮。

"新神州卫戍舰队,第三深空拦截集群,编号星3403,光典——"不知为什么,他顿了一下,"出击准备完毕。"

电梯中听到的传言果然不假,从行星轨道上的机群数量来看,整个卫戍舰队都被动员了起来——不光有最新式的十字铆钉,各种已经服役几十年的老型号也混杂其间,以警戒队形排出了一个个密集的方阵,与匆匆赶来的几艘战舰会合之后,朝克岩人的袭扰队迎头逼近。

光典所在的老兵组通常担任第一预备队的任务,接战之初只是按兵不动或者掩护附近的大型战舰,当战局出现变数——比如克岩人没有按照常理出牌时,他们便被投入破绽之处,因此在相当长的时间里,光典都处于干着急而无事可做的状态,只要开着自动驾驶待命就好。

他早已适应了这种微妙的闲散——当不远处的暮霭级战列巡洋舰开火时,光典却在读着他的诗集。

"青山朝别暮还见,嘶马出门思旧乡……"

一刹那,刺眼的白光透过舷窗,刚好落在翻开的书页之上。驾驶舱的光线调节系统立即将这来自恒星的问候过滤到不那么激烈的程度——虽然对职业化的深空飞行员来说,这其实也没有多少必要。

就比如现在的光典,瞳孔缩成一条细线,像好奇的猫咪那样盯着窗外的蓝色巨物。

青阳——六光年之内唯一的恒星,正如它名称的字面意义那样,散发着炫目到有些不真实的蓝光。

与遍布银河的其他蓝巨星相比,它的尺寸娇小到与寻常的天体物理学记载不符,或许在灾厄之前,天佑神州上的科学家可以解释这种现象,但是现在,其中的缘由就像"青阳"本身那样,成了万霓虚空之中的又一个谜。

那亮蓝的光芒照耀着新神州——与这个荒凉世界中的唯一子嗣形影相吊,构成了一个小到不能再小的恒星系,这里被克岩人称为隔离区,而被幸存的人类叫作家。

"停止行进。"第三拦截集群的指挥官突然在通信频道中下令,"侦测到另一支袭扰队离开了视觉屏障,距离三十,数量四,方位六。本队更改目标,新建拦截航线,暂代号:御十二。"

战机上的姿态喷嘴发出淡蓝色的火焰,在整个编队开始逆加速的同时，光典本能地回头看了一眼正后方的投影屏幕，那新敌出现的方向——当然在这个距离上，以肉眼还不可能看清它们，但辅助瞄准系统已经用四个几乎重合的方框将其位置标示了出来，并打上了各自的编号。

只有四个，而且都是渺小到几乎可以忽略不计的目标——即便以克岩袭扰队的规模来说，都是完全不值一提的存在，就算不去理会，新神州自身的近空防御系统——那些足以撕裂小行星的核弹弹幕也能轻而易举地将其击溃。

"目标距离二十五霓，保持匀速。"

也许只是拙劣的诱敌——就好像之前的无数支克岩袭扰队那样，用全然自说自话的战略与计策，前仆后继地对抗着明显在军事上占据绝对优势的人类。

它们为什么不懂得放弃？光典出神地望着投影屏幕上的方框，一边胡思乱想，一边机械性地操作着回应编队指令。整个拦截集群的四百二十架十字铆钉此时已经脱离了主力，掉转矛头指向那区区四艘来犯之敌。

"目标距离二十三霓，侦测到加速，全员，进入拦截航线'御十二'，接战准备。"

"进入拦截航线'御十二'。"光典点头应着，将操作指令从自动调节为手动，又打开了所有武器的保险，"接战准备完毕。"

十字铆钉那水滴状圆润的外壳上出现了四道裂缝，四片均匀的花瓣缓缓舒展开来，而藏于其内的武器颊囊也跟着向两边抖开，迅速占据了多余的空间，杀气腾腾地指向前方——都只是些实际上并没多大威力的小枪小炮，即便对付最小型的克岩投射物也有点力不从心。

两条触手一样的飘带在所有武器就位之后才如灵蛇般钻出机舱，它们的尖端就像食肉兽类的犬齿，不规则地弯曲着，甚至还有一些破损的样子。这明显与十字铆钉本身格格不入的怪异装置，却是整架战机上唯一可以让克岩人闻风丧胆的利器。

在无尽的虚空之中飞行，不只是方位与距离这些空间概念变得模糊，连时光流逝如此最基本的万物法则都混沌了起来，明明感觉是一秒钟前打开了武器舱，指挥官的通信再传来时已经是一个小时以后了——

"目标距离十霓，持续加速中，预判攻击点为新神州本体。"

果然还是新神州？克岩人似乎永远不会忘记它们最初也是最后的目标，它们不愿看到人类在这个娇小的世界里立足，哪怕那只是一些不知漂泊了多少个世代的可悲的流浪者——光典看着面前越来越大、逐渐占据半个视野的荒凉行星，如是想着。淡淡的哀伤之中，燃起一丝近乎困兽犹斗的蛮勇——

那么，如果这就是你们想要的战争，来吧！

"'星3403'提议进行先期接触。"光典打开通信器，若不是"王牌飞行员"的特殊身份，以他这种中尉军衔当然是没有"提议"权限的,"我和教导队的战机引擎经过改良,可以在近空防御圈开火之前对目标进行拦截,完毕。"

"不必冒险。"指挥官断然回绝,"目标判定为护卫舰级,新神州的近空防御体系足以应对。"

光典又扫了一眼投影屏,此时的方框已经不再重叠,其中三个甚至明显在慢慢变大——似乎是在布阵,一如往日,又是某种人类理解不了的蠢笨阵形。

以区区四艘护卫舰级之力来迎击一整支队形严整的拦截集群,面对如此愚勇的行为,又岂能坐等什么近空防御系统?光典咬了咬牙,斗胆进行了最后一次尝试:"正因为只是护卫舰,我们有能力提前打掉的话,新神州的百姓就能度过又一个没有防空警报的日子了,完毕。"

也许是后半句话真的有点分量,指挥官被说得沉默了好几秒。

"同意星3403的提议,教导队全员脱离编队,进入新建拦截航线,暂代号:御十三。"

并不是为了邀功请赏——现在的光典并不需要这些,从十五岁那一年以预备飞行员的身份加入军队开始,他已经反反复复杀了太多太多的克岩人。不知何时开始,新闻里的他被称为"虚空尊者",说他天生就有在太空中厮杀的基因,说他擅长这个——至少比其他几亿同胞更擅长,说他是英雄,说他是希望,说他是守护新神州的象征,说他是人类的旗帜。

不管别人信不信,光典,他自己全都信了。

那么，既然是英雄，是希望，是象征，是旗帜，是虚空尊者，就理所应当地要承担起比旁人更多的责任。将克岩人的袭扰挡在国门之外，让新神州的苍生能够安稳度日——这简直义不容辞。

驾驶舱内响起了密集的邮件提示音，光典斜了一眼左手边的小屏幕，大多是一些私交尚好的同僚发来的"武运昌隆"，还有几封是教导队成员的短信——多半是脏话或者调侃，这十来个老兵油子，明明享受着最好的装备和待遇，却还总是怨声载道，挑三拣四，全然没有身为战士的自觉。

只有一封短信被打上了暧昧的粉红色，就和往常一样，可能是某个暗恋自己的女性飞行员想要来个阵前告白。当然，有时也会有男性。光典本想点开看看，却发现标题叫作"有些话现在不说可能就没机会了呢"，顿时觉得心头一紧，说了句"不吉利"，便摇了摇头，没去理睬了。

改装过的十字铆钉比普通型号的速度快上一半，几分钟后便甩开了大队人马，而四艘克岩护卫舰也已经近到可以被辅助瞄准系统画出轮廓——

"那是……什么？"

光典知道自己所看到的东西，也正在被集群指挥官乃至整个卫戍舰队参谋部看着，因此通信频道里的静默，就已经说明了所有人同样没有答案。

克岩人的舰船总是光怪陆离，这没错，流动而不规则的材质让它们看起来就像是一个个巨硕的活体——而根据为数不多的分解记录，这些能够以六十霓时速穿越恒星系的怪物，确实就是一只只独立的生物个体。

光典见过它们中的几乎每一种——从如轿车般袖珍的斥候级，到足以与"镜花号"无畏舰相媲美的航母级，并且与其中的大部分交过手。形状、尺寸、轮廓、速度、威力甚至是弱点，他全都铭记在心，因此他非常确定，眼前这四只克岩人的护卫舰级飞船，是全新的品种。

它们像是由几条蚯蚓包裹的烟盒，完全看不到通常用来释放投射物的孔洞，也就不可能被归入任何已知克岩战舰的类型。蚯蚓的主体，是巨大的黑褐色肉条，粗糙而杂乱，是克岩材质无疑；但烟盒的部分却是银红相间的扁形长方体，简约而规则，充满了金属的质感。更诡异的是，这四只护卫舰级已经摆好了从未见过的阵形——密集的三个一组，与孤单的另一只遥遥相对，既不像是要迎击，也不像是在防御。

"是新品种，而且无法归类。"光典难掩紧张，"用核弹打碎就太可惜了，应该尝试斩杀和掠获。"

"别闹，英雄，我们只是来先期接触的。"教导队的头头儿似乎看出了光典的躁动与不安，在频道中小声揶揄，"哦对了，这几块肉给弟兄们分一点，小丽她还差一艘就能晋升王牌，咱们都商量好了，给她分个人头。"

"我对抢人头没有兴趣。"光典依旧冷言冷语,"只是在尽保家卫国之责而已。"

"啧啧,不愧是大英雄,说话真上档次。"

"我给你录音了,王队长,有意见咱们军纪处见。"

就在两人互相讥讽的时候,克岩袭扰队的"三一阵形"突然起了变化,那单独的一艘护卫舰开始朝新神州的方向平移——而且速度很快。

"可能是要撞击行星!"光典立即将引擎的功率轰到最大,"星3403开始紧急拦截。"

"慌个啥,它离新神州还远着呢!而且不是还有近空防吗?"教导队队长又"啧"了一声,"保持队形!跟上!不能又让这小子抢了风头!"

他才不是为了抢风头。光典说不上这种预感,但也许真的是有一点点身为英雄的直觉,他意识到眼前就要发生什么不得了的大事——那种如果他不做点什么,可能就会后悔一辈子的大事。

"目标距离:一霓,机载导弹锁定。"

没有搭载核弹头的机载导弹,通常只负责给战场增加一些声光效果,但光典还是按照飞行条例的规定,将导弹舱的状态改为接敌。

"目标距离小于一霓,单位变更为光秒。"

教导队的队员们在频道里说着下流的笑话,而光典甚至连一个完整的句子都没有在意——很少有人能像他这样,在漫长的空间飞行中始终保持着全神贯注。

• 诀别诗 •

"目标距离：二十光秒，侦测到减速反应。"

此刻，插科打诨与笑话已经停止，通信频道中只剩下机载电脑不时的提醒。

"目标距离：五光秒。"

最近的护卫舰已经进入机载电磁炮的射程，但根据以往的经验，在这个距离上并不能够对护卫舰级的皮甲造成任何伤害——事实上，在任何距离都不行。

"目标距离小于一光秒，单位变更为千米。"

屏幕上的方框变成了红色，习惯于手动控制的光典，在刹那间完成了一系列操作，让十字铆钉以常人难以接受的速度紧急刹车——胸腔就好像是被打桩机猛然压迫一般，肋骨都要折断似的，剧痛不已，但他知道自己忍受得了，"虚空至尊"忍受得了。

"即将进入斩击战范围！"教导队队长的声音突然变得异常认真，"全队！鹤翼阵展开！准备迎击弹幕！"

"没有投射物警报，敌舰无任何迎击反应，并不需要迎击弹幕。"光典用极快的速度扫视了一圈仪表和雷达，"星3403，展开对舰斩击！方位9，速度16……"

"哼，就算我阻止，你也一定会冲上去，"队长笑道，"那就冲上去好了，狠狠插它！"

十字铆钉身后的飘带突然逆过头来，伸向战机的侧前方，就像捕食的海兽终于向前方的猎物伸出了触角。

"克岩牙刃状态完好！斩击准备完毕！"光典腾出左手，搭在飞行控制杆旁边的一个红色小球上，"进入手动操作模式！"

他选择了三艘护卫舰级中最靠后的那只作为突破口，姿态喷嘴突然马力全开，将十字铆钉以近乎斜刺的角度极力推向目标，那圆钝的头部以几乎紧贴的方式掠过护卫舰级的庞躯，长触手的尖端在机身旋转的刹那斩中其中一根肉条，撕开一道喷吐着气泡的裂口。

没有反抗，甚至可以说是都没有反应，被剜了一刀的护卫舰依然保持着刚才的位置与姿态一动不动。光典操作着战机回旋转向，大口地喘着，并没有急于发动下一轮攻击。

"斩击命中！切口可目测，确认效果为小破。"光典习惯性地报告着战况，突然他顿了一下，"不，等等，目标……目标体表出现异常反应，它……"

话音刚落，那三只护卫舰上的蚯蚓同时断裂开来，就像每一艘被击毁的克岩飞船那样散成了无数大大小小的肉糜。

"老天！你小子可以啊！"教导队队长的嗓音里已完全不是挖苦，"这莫非是传说中的一刀三船？"

光典不再应声，只是瞪大双眼盯住护卫舰的残骸——随着蚯蚓的消失，原本被束缚在中央的烟盒形金属块也像倒塌的积木那样四散而开，分成几大块不规则的几何体。

所有侦测设备都聚焦在这三团血肉与金属的混合物中间，却没有一台发出响应——但光典觉得，并确信，那里有什么东西，正缓缓从地狱黑渊的深处探出头来，准备发出它的第一声哀鸣。

突然，三团残骸扭曲旋转起来，以惊人的速度向那第四艘护卫舰扑去，接触的瞬间便将其碾成齑粉，浩浩荡荡地冲向那在虚空中显得格外醒目的新神州。

"啥情况？星3403！你到底做了什么？"

"我……"光典欲言又止，注意到仪表盘的他，觉得现在说什么都不重要了——引擎明明还在工作，速度计却已经归零，整架十字铆钉就像是被拉住了一样动弹不得。

团状的残骸进入新神州的大气层，燃出金光万丈的火花，也许是速度太快，也许根本没有目标可以锁定，行星的近空防御系统始终没有开火——也许地上的人觉得根本用不着，一堆坠落的残骸很快就会被大气层烧尽，即便落到地面，也只不过是在万里沙漠之中的又一粒尘埃。

在意识到他们想错了的时候，一切已为时太晚。

从光典所在的角度看过去，大气层上明显是出现了一个葵花般的白色旋涡，目测它的直径可能足有一千公里，而且还在不断变大，就好像是在高空形成的巨型龙卷风；当风尖最终与行星接触的时候，旋涡附近的地表也开始崩塌，金黄的沙砾与深灰的岩石混聚着，被一并裹挟进去，如同热油滴进冰块般势如破竹地向地幔深处挺进，很快就只剩下一个巨大的黑色孔洞。

光典的脑中一片空白,即便看得如此清楚,他也完全无法理解,或者说是无法相信眼前发生了什么。新神州的近空防御系统同样一头雾水,从轨道平台上匆匆射出的几十颗智能飞弹,茫然地在大气层上拖曳出一道道白色云烟,这些搭载了大当量对舰核弹的可怕武器,现在却连一个像样的目标都无法寻得。

拉扯战机的巨力似乎有些动摇,十字铆钉略微恢复了一丁点速度,但以深空飞行的角度来看,仍然就是在爬行。

通信频道已经炸了窝,教导队、拦截集群,乃至卫戍舰队的联络此起彼伏,而光典却默默地将它们一一屏蔽,他又扫了一眼左手边小屏幕的邮件,那一封"有些话现在不说可能就没机会了呢"显得格外醒目。

"小茜,"他接通了另一个安静的通信频道,"在干吗呢?"

"五秒钟前还在做饭,"女孩的声音大大咧咧,和光典完全是两个极端,"现在要去避难,好像说是地震。"

"上次我跟你提过的诗集,"光典松开安全带,斜靠在座椅上,不知什么时候,淘来的诗集已被摊在了小臂上,"还记得吗?"

"呃?啊!我想起来了,好看吗?"

"还行。"

光典都不知道自己露出了会心的浅笑,而就在这个时候,新神州的赤道突然隆起一个大包,它以肉眼可辨的急速膨胀、破裂,喷涌出无数的岩浆与碎渣。它们刚要扑向太空,就被猛烈地吸回洞中,继而又像一团翻滚的巨球般旋转着冲出地表。

"那,读两句来听听吧?"

一进一出的两个圆洞相距并不远,地壳上已隐约出现了一道裂纹。游荡在行星上空的飞弹群好像终于找到了目标,掉头向刚刚离开地表的球体集合过去。核火焰的金光几乎将大气层点燃,但在它们一个接一个爆炸的时候,那诡异的巨球就又一次坠向地面,在赤道上熔出另一个滚圆的破洞。

屏幕上的"队友信息"栏里闪出一片猩红,就在刚刚过去的十几秒里,半个拦截集群灰飞烟灭——大概是已经与巨球合体了吧?

"那就这首吧。"光典索性关上了整个主屏幕,"死生契阔,与子成说。执子之手,与子偕老。"

这一次,球体很快就又钻出地面,把一整块陆地像切蛋糕那样完全掀了起来。

"哈哈,"女孩笑得爽朗而干脆,但她的背景音中能听见不祥的隆隆闷响,"一句都没听懂,那是什么意思哪?"

"大概是……"

看着那正向着自己迅速迫近的不可名状的巨型球体,看着已有一角开始崩解的家园行星新神州,光典会心地微微一笑:"在说'我爱你'吧?"

"这么简单？那我也知道一首诗：'锄禾日当午，汗滴禾下土'。"

"哦？什么意思？"

"'我也爱你'。"

注：本文原名《海葬》。

猎杀时刻

所以,你瞧,我有酒,也有故事,
你愿意听吗?

猎杀时刻

那边的小哥,过来陪我喝一杯吧。

嗯,对,说你呢。喂喂,你那是什么眼神啊?没见过不化妆的卢安娜女人吗?还是说,你觉得我们只配在舞台上跳脱衣舞,没钱在吧台前自斟自饮?

拉菲?不,这不是地球产的酒,它来自奥罗星,1982年的"猩红火焰",你听说过奥罗星吗?那里的植物都是右旋氨基酸,而真菌都是左旋,这瓶药酒混合了蘑菇与水果,不讲究饮用方法的话,像你这样的人类,一口就躺平了哦。

哈?有兴趣了?别怕,死不了的,我给你满上,尝尝。

胸针?啊,你说这个啊?没见过吧?这是帝皇联队的纹章,是真品哦,不是路边小店里卖的山寨货。

哦不，我不是军人，我早就退役了，这东西只是留着做个纪念，你呢？船员？游客？商人？

果然是游客，我说嘛，看你样子就知道不是本地人了。

什么？我的帽子？哦，你是注意到这个刺青了吧？想看吗？没事，那不是伤疤，只是执行过"脱能仪式"的标识，是我曾经身为白鬼而现在归复为一个凡人的证明。

对，白鬼，你听说过这个词的是吧？不用装得那么镇定，你的兴奋与惊讶，都写在眼神里了呢。我看得出来。

所以，你瞧，我有酒，也有故事，你愿意听吗？

嗯，从哪儿说起好呢？请允许我先整理一下思路，我这人在"脱能"之后的记性一直不太好，因此无论我说什么，请不要打断我，好吗？

哦，说到记性，差点都给忘记了——我叫莫雅，花火圣堂的莫雅。

很少有外人明白，花火圣堂其实是个家族姓。

与"塔塔""莉莉""诺诺"相比，它当然是个很稀有的姓氏，在庞大的卢安娜人口中，只占有不到五千万分之一的比例——而她们都是我的姐妹，至少她们希望我这样想。

我在达沃的贫民窟里出生，你不需要知道那是什么地方，具体在哪个星球，或者到底有多穷，那些显然都不是重点。

重点是,我出生的时候,整个行星系的时间迟滞了十三秒钟——这不是一个容易察觉的细节,但还是立即被发现了。企业协会出动了四千人来达沃寻找那个初生的白鬼,上一次他们派遣这么多人过来,据说还是在三十年前——来这里集中催债。

我并不记得母亲的模样,在我降世半年后,企业协会的科学家便将我带到了与世隔绝的修道院——很抱歉,根据誓约,我不能透露那地方的具体位置,但可以告诉你它的名字,没错——花火圣堂。

抚育我的仆人有很多,但她们都只像木偶般默默无言,从我记事时起,那里只有一个老妪同我说过话:"从今天开始,记住你自己的姓氏与家乡,无论年龄与相貌,我们都是你的姐妹。"她有着一张和我一样与众不同、苍白如雪的脸,"星相说,你的名字应该叫作莫雅,那就这样便好。"

莫雅,卢安娜古语中,是直到天际的意思,同时也是市面上一种很流行的引擎润滑剂的牌子——在翡翠星事件之前,他们公司的策划部还曾想过要找我代言做广告。

而老妪叫作"艾",是修道院的主祭,在教会我"三乘三等于九"的那天,她告诉我,我是一个白鬼——和她一样。

得益于物种的本能——偶尔也需要一些简单的亲子训练,几乎全部卢安娜人都可以掌握短距离的心灵感应,但在分布于银河系各个角落的三百亿庞大贫困人口之中,同一时刻只可能存在五位白鬼。科学家们对此的解释有很多种,在"暗能量系统的不稳定平衡""高维度弦干涉的震荡"与"熵总量螺旋形饱和的瑕疵"之间争论不休。管它呢,这些显然都不是我这种从小接受神学教育的文科生应该理解的理论,还是艾的说法更言简意赅:"你是真理之手编织运命之锦时余留的边角料,在万物因缘的染缸中浅尝辄止,只剩一片纯白与点点黑斑。"

听不懂吗?那还是请你在共联网上搜索"暗能量系统的不稳定平衡(科普版)"来碰碰运气吧。

总之,白鬼拥有难以用常理说清的奇妙力量,在花火圣堂成立并开始猎杀他们之前,白鬼左右了整个卢安娜人的历史——大多伴随着无可计数的尸体与鲜血。

刻在圣堂正殿上的古诗,非常贴切地解释了这种现象——"强者,行善为圣,作恶为魔;世事,行善不易,作恶不难;是故,圣贤愈少,魔孽愈多。"

几十个世纪的你死我活之后,花火圣堂终于意识到,杀死一名白鬼只会让新的白鬼诞生,在难以辨认新生儿能力的旧时代,教导和软禁显然是比寻找与猎杀更能保证长治久安的方略。因此,在我的时代,花火圣堂既是学校又是监狱,根据主祭的嗜好,偶尔也会变成教堂或者研究所。

我的导师,艾,没有任何特别的嗜好,清心寡欲,沉默少言,甚至在训练我之外,她都极少使用白鬼的能力,还告诫我"那会上瘾,对健康和环境都不好"。

啊，对，白鬼的能力——原谅我的逻辑思维能力，脱能以后它退化得太厉害了，这本应是在一开始就对小哥你说明的事情嘛。

有个段子是这样说的，大概两百五十年前，联合帝国征服了卢安娜人。这是一次处于全盛状态、拥有八百颗行星的星海帝国对一个初级工业文明的入侵，只有卢安娜人自己的历史教科书有脸称其为一场战争。在这次一千五百名海军陆战队员对抗十五亿卢安娜居民的接管行动中，帝国军的总损失是七十九名士兵与一架无人机——比起帝国最高统帅部在行动开始前"一人因水土不服等意外死亡"的战损预估整整大了八十倍。

假的？当然是假的，段子嘛，用手摇式的转轮机枪打死穿着动力装甲的帝国改造人，这种事只可能是心灵鸡汤式的杜撰。随后抵达的军事调查团，为了掩饰"一个联队遭到友军炮击误炸"的事实，将这七十九人的阵亡全部算在了白鬼的头上，这事儿后来还被拍成了反战电影，上中下三集，特煽情的那种，而白鬼则一时成了民族英雄，你听说过这个名词，恐怕也是因为那场战争吧。

所以真相呢？真相就是，那七十九人的伤亡确实是友军误杀没错，而从花火圣堂放出来的四名白鬼，合力击坠了一艘停在行星低轨道上的战列巡洋舰——而这，才是真正被掩盖的真相。

按照我的导师艾的解释，白鬼能够迅速提高熵的饱和度，这只可意会，很难用一两句话对外人说清楚。在不同的环境之下，不同的白鬼会做出不同的事，你管它叫魔法也好，超能力也罢，对我们来说，只是相当于打个饱嗝——你能解释清楚自己是怎么打饱嗝的吗？只觉得一股气从胃部翻涌而上，难以自抑所以张开了嘴？恭喜，小哥，你已经找到门道了。

设想一下，你打个饱嗝，就能让数十人自焚，在用木矛石斧互殴的冷兵器时代，这是何等可怕的力量？而放到现在，在一枚鱼雷可以夷平一整块大陆的现在，这就显得微不足道了。内战期间，联合帝国也曾试图雇用我们来镇压叛军，但时运不济，当时的花火圣堂只找到了一名白鬼，而且还是个病秧子，训练了半年竟然暴毙，就别提什么像样的战绩了。

联合帝国衰落之后，企业协会接管了整个卡玛走廊，卢安娜人反过来大批地拥入文明世界的领地，关于白鬼的各种传闻——大多是负面，也像沼泽里的烂蘑菇般到处开花，最终引起了有关部门的注意。

我记得那是一个阴天，圣堂的后院里，开满了从异星移种来的花卉——所以应该是春季。企业联盟的飞船徐徐落地，圣堂的姐妹们却如临大敌。"地球人基本上没什么好东西，"艾这样对我说，"没有信仰的灵魂，谈着累。"

但他们毕竟是企业协会的代表，而且实话实说，在"翡翠星事件"之前，我还挺喜欢你们地球人——他们干净，圆润，光滑，尤其是那些雌性，除了块头大了些，乍一看和卢安娜女人还颇有几分神似——如果你像我一样，小时候眼神不太好的话。

也许是宴席过于简单寒酸，这些代表一口饭也没吃就直入主题："最近世道不太平，我们想邀请白鬼加入企业协会的治安部队。"

"抱歉，在下这把老骨头已经……"

"我们要的不是你，"那家伙很没有礼貌地打断了艾，然后看着跪坐在她身旁的我，"她已经成年了吧？"

当时离我的六岁生日还有三十五天，算虚岁的话，确实是已经成年了没错。

"她啊……"

艾意味深长地看向我，笑而不语，只是抚着我的手，她应该不会同意的吧？我这样想着的时候，她转回身去，当场就签下了"聘用合同"，把我给卖了。

"你若行善，须助卢安娜扬名立万，千古流芳；你若作恶，须让白鬼威名赫赫，摄魂碎胆；你若厌倦，便回来这边，为师帮你脱能还凡……"那一晚的冥想课，艾来来回回地摸着我的头，"古语有云，信乃大德，不要信任那些地球人，但是请信任你的朋友们。"

"但是，老师，"我问她，"你怎么就相信了他们说的，要我去维护世界和平呢？他们是你的朋友吗？"

"因为，为师穷啊。"

我竟无言以对。

回头想想，有这样的导师，居然没有变成一个拜金主义者，我也是蛮不容易的。

企业协会的地球人比想象中要和善得多,在我展现了一些身为白鬼的小花样之后,他们简直对我敬若神明。经过简短的入职训练,我加入了所谓的治安部队。被殖民的星球都是海盗与恐怖分子的重灾区,联合帝国撤离的时候更是一番大乱斗,这导致治安部队从不缺活儿。从剿匪追奸到抗洪灭火,甚至推理破案,抓些阿猫阿狗,所有这些任务对白鬼来说根本是大材小用,我随便救下只宠物,也能被当地的乡村新闻报个三天,而为了保守机密,我单兵挡住私掠舰主炮直击的事迹却根本无人知晓。

总之,在"翡翠星事件"之前,我只是单纯地执行着被仔细筛选过的命令,装出一副很投入很吃力很痛苦的样子,实际却悠闲得像在散步——基本上,这工作就是个偶像剧演员,直到……

慢着,我刚才有提到过"翡翠星事件"?之前也有说过吗?什么?说了三次?

抱歉,这个词组在我现在的记忆中占据了太过重要的位置,它……你……你没听说过"翡翠星事件"?完全没有?

啊,那你现在应该好好听听了。

这个故事是从"万神之眼"开始的,鉴于你是连"翡翠星事件"都没听说过的乡巴佬,我就从头说起好了。

万神之眼是一个从大宇航时代就开始了的星间传说:为了寻找宇宙的终极真相,曾统治整个银河系的西帝人制造了一台天文望远镜，不是那种可以在超市里买到的偷窥用望远镜，那是一部可以称之为奇观的超级人造装置，据说可以直接看到宇宙的边界，洞悉在它视野之内的万事万物。

西帝人已经灭亡了一亿年，只能通过遗迹中残存的零星文献来判断他们的生活面貌，其中大多数都成了茶余饭后的谈资，十假无真。所以，当企业协会的一名督导找到我并说要派我去调查众神之眼时，我以为他是在开玩笑。

他的官衔不小，派头更大，用着内置量子通信仪的远程分身，在豪华的办公室里对我和我的——怎么说呢——经纪人指手画脚。

"你就是莫阿？"

"莫雅。"

"好的，莫阿。首先感谢你这几年对企业协会的奉献，我已经对你的公民身份进行了特批，你和你的家人将享有企业协会职员级别的一切待遇。"

我对连我名字都念不清楚的人从来没什么好感，也不在乎企业协会的什么身份，更重要的是，我没有家人——即便花火圣堂的姐妹们算是，我也敢保证她们不会对那职员待遇有半毛钱的兴趣。

"感激不尽，督导大人。"我甜甜地笑着，如你所见，卢安娜人拥有整个银河系最难以抵挡的媚笑，无论是否发自真心。

"卡玛走廊的维稳任务对你来说是屈才了，"和企业协会其他督导的说话方式一样，他直入主题，"我们决定让你加入帝皇联队，去执行一个真正的任务。"

当时的我，嘴上说不要，心里却是翻江倒海——喂，那可是帝皇联队啊！

帝皇联队是企业协会的秘密单位，精英中的精英，身怀绝技又从事着最刺激危险的工作。

联队统一使用地球人规格的装备，为此还特地为我量身定做了一套专用型的动力装甲——号称将工业设计美学与前卫先进科技融为一体，但在我和我的队友看来，它根本就像是个没有头的蠢胖子。

我所在的小队一共有五个人，除了皮毛的颜色不同，我很难分辨他们到底谁是谁——地球人的相貌实在是太单调了。

嬴政——这不是真名，就是个代号——队长，雄性，毛色乌黑，不苟言笑，他常年搭载着特种作战型的军用大脑插件，以至于看人的眼神总是杀气腾腾，据说他的配偶就是为此与他离了婚。

尼禄和亚瑟，多亏了白鬼那强大的心灵感应识别能力，否则我压根就分不出这两个雄性地球人——他们都是一头黄毛，两个眼睛一个鼻子和一张嘴，连身高体型都差不多。亚瑟的制式步枪上装有96式加长导轨和高精度准具，按照他自己的吹嘘，可以在五公里外射中松鼠的屁股——他怕我不知道松鼠是什么，还特地买了一只给我——鸡肉味，挺好吃的。

我们的技术支援员叫狄多，唯一的雌性人类，古铜色的肌肤很好辨认，由于洗澡睡觉都在一起，我和她聊得自然也就最多——总之，是个好人。我曾想要和她交个朋友，但狄多的大脑和神经网络为适应高强度的信息战已经过改造，这让她的本质变得更像机器人，按照我们卢安娜人的教义，与这样的非人怪物做朋友是要遭雷劈的。

为了适应我身为白鬼的作战方式，嬴政小队在地球自治区的丛林和北极进行了大约十五天的磨合训练——不得不说，地球的一天实在是太过短暂，弄得我都有点内分泌失调了……真难以相信，在这么小的星球上，竟孕育出了整个银河系中数一数二的强大文明。

那位督导从头至尾都只是以机械分身来观摩我们的训练，他似乎对我的心灵感应能力格外在意，每一个具体的数据细节都要亲自审核；而对其他明明强大得多的能力却兴趣寥寥——即便我曾当着他的面，徒手把一辆虎神坦克炸回了零件状态。

"那是因为心灵感应无法用任何科学的方式复制——"狄多一本正经地安慰我说，"而炸辆坦克什么的，只要有武器，连黑猩猩都能做到。"

这真算不上是安慰。对吧。

训练刚一结束，我们便被塞上了"白龙马号"战列巡洋舰，沿伊顿星桥一路急行，直达终点站，花了差不多一个月时间。

我此前从未经历过如此长距离的亚空间运输，暗能量密度的剧烈变化与白鬼的体质产生了共鸣，我的情绪也在极度亢奋和莫名失落之间不断切换，连冬眠装置都没法让我入睡。等到战舰最终停稳的时候，我整个人蓬头垢面，心力交瘁，完全没有宣传中"卢安娜美少女"的形象了。

打开星区地图，目的地周围一片荒芜，连星桥本身都是一副未完工的模样，最近的采矿设施竟然也在五光年以外——资料显示那里也只有三十个居民。即便是队长嬴政也不知道自己身在何处，更不晓得来这里做甚，直到督导的分身再次激活，将我们小队召集在会议室中。

"从这里开始就没有星桥可用了，你们必须换乘高速船前往翡翠星。"他比画着一个虚拟模型，"'墨鱼号'搭载了最新式的亚空间引擎，大概只需要三百七十个小时即可到达，船只是无人驾驶的，你们可以再睡个好觉。"

"翡翠星？"嬴政与我们面面相觑，"督导阁下，我从没听过这个地名。"

"它的坐标目前还是企业协会的最高机密，恕我不便在此透露。"督导摇摇头，"但我能告诉你们的是，有确凿的情报证明万神之眼就在那颗行星上。"

我的队长一副活见鬼的样子："万……万神之眼？"而我却是一头雾水："啥玩意儿？"

督导斜了我一眼，并未解释："三年前，企业军派遣了一〇五空降旅和一支科考队前往勘察，最初还能传回点资料，可是现在已经失联超过十二个月了。万神之眼的考古价值权且不提，公司在翡翠星上的投资总不能没有说法,所以必须得派人调查。"

"一〇五旅是嫡系部队,有着最好的装备。"嬴政双手叉腰,眉头紧锁,"这样一支能打硬仗的部队都没了音信,你派我们五个人去是什么意思?"

"你们是只有五个人,但你们有莫阿,"督导笑道,"企业协会有三百个空降旅,而整个银河系却只有五头白鬼。"

这样的评价虽然不只听过一次,但每一次都能让我的虚荣心膨胀一圈——虽然这死胖子又念错了我的名字。

"您误解我的意思了,督导。"嬴政摆摆手,"'刀山火海,帝皇何惧?'我只想问要我们去做甚。"

"一〇五旅和科考队,生要见人死要见尸。"督导的命令简短异常,"而找到万神之眼,你们就能名垂千古。"

第一次看到翡翠星的时候,我差点被美哭了——这当然是从地球人那里学来的夸张修辞,毕竟卢安娜人连泪腺都没有。

这是一个非常干净的单体恒星系,在娇小的"太阳"身旁,只有那颗同样不起眼的"翡翠",与自己的卫星形影相吊。而除了这两个星体,最近的星系甚至超出了基础坐标系,倒是有一大片庞然无垠的桃红色气态云团,像舞台剧的背景般托在星系下方,让翡翠星显得更加孤单落寞。

刚解除休眠的嬴政小队全都是睡眼惺忪,狄多连忙打开星图以确定飞船的位置，跳出来的却只有"您所拥有的权限不足以调阅本文件"这一句话。

按照科考队传来的资料，整个星系位于一个超级黑洞的重力井边缘，并围绕着它进行稳定公转。资料的数据非常翔实，甚至连公转轨道都计算了出来，但以我们这艘小船上的设备，根本就验证不了那个超级黑洞存在与否，更别说是观察其方位了。

翡翠星的自转倾角很大，又和它的太阳保持着严格的潮汐锁定。这导致了整颗行星以赤道为分界，南方永远是白天，北方永远是黑夜，只在位于赤道附近的狭小地带，才有短暂的昼夜之分。一〇五空降旅的登陆场便也设在其中一块平原的开阔地之上。

虽然没有海洋，但遥感卫星传来的图像显示，翡翠星拥有极其不自然的地下水网，因而也拥有一套复杂的碳基生态系统——至于复杂到什么程度就不好说了。

"灰侏儒。"在脑内研究着报告的狄多突然开口对我们说道，"报告显示，有一种被称为灰侏儒的生物，推断具有高等智慧。但是研究还没完成，通信就全部中断了。"

"直到现在都没联系上——"负责通信的亚瑟笑着接过话，"怕是当地土著不太友好，给烤了吃了哟。"

"能够对一支现代化武装的空降旅不友好，这样的土著应该早就飞出自己的星系了。"嬴政沉默了片刻，下了指令，"降落！"

翡翠星的大气层不厚而重力偏低，这对小型飞船的降落来说倒是一件好事。从高空看过去，那些泾渭分明的地形地貌，越接近地表，就越发变成了绿油油的一片——降落点附近长着一种大约一米高的小型灌木，非常壮观地铺满了整个视野，只有零星几株仙人掌模样的细长高树立于其间，显得尤为突兀。

行星表面的氧气浓度高得离谱，虽然可以靠轻便的呼吸面罩来适应，但考虑到这里是真正的陌生环境，下船时我们还是保持着动力装甲的密封。

"你们听见什么了吗？"

"什么？"

"像是……一种电杂音。"

"对，我也听见了。"

三个男人神经兮兮的对话让我和狄多插不上话，她可能是真的什么都没听见，而我是能听见的实在太多——而且大部分听起来都像是电杂音。

一〇五旅搭建的临时空港和设施尚在，只是已空无一人。从营房的规模来看，这里大约驻扎了两个连——包括空降旅的指挥机关和警卫排。

昂贵的远程量子通信器被炸了个窟窿，最后一次运行的记录上，只有"与三营及部分科研人员失去联络"这半句话。不仅如此，包括旅用人工智能在内，所有大数据储存设备都遭到了系统性的破坏——说得再准确些，是被人用轻武器给乱扫了一通。

"亚瑟，你去恢复本地通信，看能不能联系到一〇五旅各部。狄多，你去看看有没有系统还能使用，榨出点儿情报。尼禄，你和我去检查武器库和兵营，顺带调查一下生态环境。"嬴政转向我道，"至于莫雅你，帮我们放哨，你的最大警戒距离是多少来着？"

三公里——用你们地球人的计量单位来算的话，其实还可以更远一些，但圆胖的动力装甲多少影响了我的情绪，让集中精神的难度陡增。

根据经验，我选择了临时空港的降落平台作为冥想地点，这是一块视野较好的开阔地，一旦感应到生物体的靠近，便可以立即通过视觉系统进行确认。

闭上眼睛的瞬间，我意识到这是一颗远比表面看起来更加生机勃勃的星球——无数大大小小的动物散布在灌木丛中，飞的，跑的，跳的，打洞的，吃草的，捕猎的……只是都没有高等智慧的迹象。对领先了它们可能小十亿年的嬴政小队而言，谈威胁就有些矫情了。

唯一引起我注意的，是在空气中弥漫着的微妙"韵律"——既不是气流的扰动，也绝非单纯的噪声，它像是……一种波，不……也不对，它不在任何一个无线电频率之上，动力装甲中的任何侦测设备也都无法观察到——但我知道它在那儿，歌着唱着，以某种超出常识的方式喧哗不宁。

外人可能不太清楚，其实白鬼的能力同样有高下之分，我恐怕是其中悟性比较差的,尤其是静下心来融入环境、观察世界的时候,我从来就做不好。一是因为好奇,二也是当时确实无聊,我便铆足了气力,集中了全部的注意力,直到队长的叫骂震耳欲聋:"莫雅!你在干吗?"

我?

"敌袭!集合!快!"

不可能啊?我非常确定,没有活物可以避开白鬼的警戒啊!

但它们……也许不能算是活物。

"我猜这就是灰侏儒了。"

尼禄拥有生态学博士学位,就算他说这地上的三具尸体是菩提老祖,我那时也只有信了。

它们略成人形,有四个几乎等长的肢端,体格娇小,与我差不多。周身无毛,看似滑腻的灰色皮肤上覆盖着一层树皮般的硬壳。没有鼻子,也不见眼睛,整个头部凸起,就是一个光溜溜的鸭蛋。

"怎么可能?"我有些尴尬地笑道,"没耳朵就算了,连嘴巴和肛门都没有的话,这东西……没法活吧?"

"显然它不靠嘴巴和肛门来过活,"尼禄打趣道,"也许你不信,这三个小东西其实是真菌。"

植物型的高等生命,和麻抹加人一样——莫非这就是我没法侦测到它们的原因？

这些怪物拿着企业军的武器，大摇大摆地接近了营地，它们摇头晃脑，在遇到警告后胡乱地开着枪，被嬴政小队当场打成了筛子。

就在我们一边检查尸体，一边讨论它们到底是什么的时候，无人机传来了警报，指挥部的大屏幕上出现了灰侏儒——抱歉，应该说，是漫山遍野、赤手空拳的灰侏儒。

没有听声器官，也没有用来接收肢体语言的视觉部件……站在汪洋般的几千个灰侏儒面前时，我只能推测它们不仅和卢安娜人一样，可以使用心灵感应交流，而且还拥有与白鬼类似的、用某种非凡方式感知环境的能力。

与大多数人想象中不同，心灵感应其实也有语种之分，其表达情绪的主干部分不难辨认，但具体信息却因地而异，我花了两三个小时，才勉强从那些心音里听出点端倪。

"他们的头目说，让我们快逃。"

"逃？"嬴政只是哼笑一声，"你告诉他们，就凭他们这些臭番薯烂鸟蛋，就算偷了咱企业军的武器，我这边五个'帝皇'也能灭他们全族！"

相当不好翻译的一段话，我也不知道对方懂了多少。灰侏儒的心灵感应不同于白鬼，与其说是太复杂，不如说是过于简单——简单到几乎不像高等智慧生物。

"它说……凶兽就要来了,所以大家必须都逃走。"

"凶兽?"这个词显然让嬴政更加不屑,他试图将话题引向别处,想问出一〇五旅的线索,但灰侏儒最后只是不断重复着"快逃吧快逃吧",慢慢转身而去,就像融入了这个世界本身那样悄然消失了。

"凶兽。"

我嘀咕着灰侏儒的警告,一边琢磨其中深意,一边缓缓沉入梦乡,就这样不知不觉地结束了在翡翠星上的第一天。

空气中的韵律,在尖叫。

我惊醒的时候,正是绚烂的黎明,晨曦的微光被峰峦劈开,在赤道的地平线上投出淡蓝色的光影,而正是那个方向,山崩地裂般的巨响此起彼伏,即便知道灰侏儒没法出声,我却从中听出了它们的惨叫哀号。

韵律狂乱地颤动着,它像一道不断摇晃的铜墙,遮蔽了我的感知力。我冲出营地,才发觉漫天飘着雨雾——那水滴似乎比任何星球的落雨都要细小,好似散在空中的无数绒毛。

动力装甲发出咯吱咯吱的怪响,我第一次将它的功率提升至临界值。虽说号称是有着尖端科技保障的专用型号,但它跑跳时的颤动还是让我有种"是不是就要散架了"的预感。

翻过阻碍视线的小丘,一条小河从灌木森林中横穿而过,河岸两边躺满了密密麻麻的尸身——那些灰侏儒大多支离破碎,少数还能看出形的，已经被烧得焦黑，冒着缕缕热气，就像是我在那穷酸修道院里吃的烤芋头。与之一并被焚尽的，还有尸体附近的植被，它们就像是被一只火焰巨轮碾轧而过，只剩下黑纸片似的余烬。

随着杀戮接近尾声，干扰白鬼感知的韵律也渐渐平复下来，我循着零星的嘶吼而去，终于在这屠场之上找到了那个独一无二的存在——凶兽。

它站立起来的样子，足有四层楼那么高，后肢短小而上臂粗长，虎背熊腰。在冉冉升起的朝阳之下，那银色的表皮发出金属般的反光，就像一层琉璃盔甲，耀眼非常。除了肉眼，所有侦测设备都完全没有响应，甚至连能够识别出灰侏儒的生物雷达都看不见这只怪兽。

似乎是注意到了身后的偷窥者，它慢慢转过头来……我的天，哥们儿，我发誓那是我这辈子见过的最恶心的一张脸——全是密密麻麻的六角形空腔，像是蜂巢，却还在发生生物性的抽搐和蠕动，且伴随如雷贯耳的恼人嗡鸣。

动力装甲的射击显然是把它给惹火了，我本来只是想打腿让其跪倒而已，但没打对部位——这毕竟不是我的强项。

而在我的强项上，是绝不会失手的——凶兽的冲锋因为下半身的爆燃而中断，不得不说它那屁股喷火的模样还挺滑稽，有点像是异域旅行公司的吉祥物。也就在这时，小队的其他人匆匆赶到，嬴政一边责骂着我擅自脱营，一边指挥手下攒射。我很想告诉他们其实这怪物已经死了——毕竟因为它那张丑脸吓住了我的少女心,一紧张我就下手过猛,它体内的熵迅速饱和,七窍生烟的同时,所有脏器都应该已经衰竭坏死了——如果它有脏器的话。

"样子挺威,没想到还真就是一头凶兽而已。"看着已经支离破碎的尸骸,嬴政不禁有些惋惜,"话说你干吗不打腿?它要是活着我们说不定还能查出点什么。"

我当时只能点点头:"下次注意。"

尼禄不愧为专业人士,解剖工作在命令还未下达时就已经开始,他的动力装甲中携带有二十公斤纳米机器人——这些粉尘大小的高科技微粒,可以独立完成检查、分析生物体的复杂任务,尼禄所要做的只是站在那里等待结果罢了。

"嗯?"

而那显然是个让他大吃一惊的结果——"硅?这是二氧化硅?"

他大步扑到凶兽的尸体前,不敢相信似的捧起一把余灰:"这东西……这凶兽,是硅基生物。"

支撑碳基和硅基的生态环境之间有着云泥之别——这是最没常识的小学生也应该懂得的道理,但那时候,眼前冷冰冰的现实不会说谎,看来果然是我们的小学教育出了问题。

朝阳照耀着这片青烟缭绕的战场,奇形怪状的土著生物在跟前横七竖八地躺着,了无生气……明明是残酷而令人作呕的场景,在我这异乡人看来,那些圆滚滚的小尸却有种说不出来的喜感——我承认，当时我笑了。

但这种苦中作乐似的轻松，也只维持了那么短短的两三分钟。

没有人能说清这个灰侏儒是怎么样、又是什么时候站到我们面前的——它背对着阳光，就像是炫目舞台灯光下的一小截残影，柔软而残缺的身体在晨风中摇摇欲坠，但那纹丝不动的站姿却透露出不可动摇的坚毅。我听见它的心音响起。

"凶兽终将回来，你们必须离开。"

空气中的韵律突然变得无比清晰——就好比狂乱转动的风车突然被人按定，只剩下轴杆在惯性的作用下吱呀作响。

"听见了！那种怪声！又响起来了！"尼禄与亚瑟的惊叹让我意识到，这些地球雄性所能听见的怪声，和我感知到、从灰侏儒身上散发出来的韵律可能是同一种东西——区别在于，懂得心灵感应的我能够从中分辨出带有意义的字句。

"凶兽是守护者，是毁灭者，是仲裁者，是掠夺者，它们掌握这星球上的一切，外来者无法与它们对抗——它们本应如此，凶兽终将回来，你们必须离开。"

原话比这要晦涩得多，我绞尽脑汁地翻译之后，换来的只有嬴政的一声嗤笑："没见过世面的土著。告诉它，我们带了反物质弹——能炸开行星的那种反物质弹。"

"你们的同伴也是如此嚣张跋扈，他们人多势众，不听劝阻，所以吃尽了苦。"

同伴？

我立即意识到，这个肢体残缺而神志清醒的灰侏儒，所指的同伴就是一〇五旅的将士，因此不等向嬴政翻译，也没有征求其他人的想法，我自作主张地一步上前，以全神贯注的心灵感应，问出一个让我们来到此地的问题："他们在哪儿？"

我最讨厌的交通工具，就是滑车。

这种我永远记不住学名的反重力载具，在营地的车库前停了一排。我暗暗祈祷它们也和其他设备一样已被人为破坏，但自从离开了修道院之后，卢安娜的那些神明似乎也暂停了对我的庇护——这次也不例外。

"队长，慢点儿，我好想吐……"

"别闹，这可是一辆'PT92仓鼠'。"负责驾驶的嬴政鄙夷地斜了我一眼，"不会再有比这更平稳的悬浮战车了。"

比起那些在大都市里横冲直撞的无良出租车，这辆仓鼠战车确实是稳若磐石，但问题不在于此——反重力引擎的运转本身就会扰乱熵，再加上高速移动导致的环境急变，对白鬼来说简直就是折磨。

我形容不出这是怎样的感受，也找不到解决之道——那号称全银河最好的医院也就给我开过一瓶防晕车的小药丸，还要求搭配着治抑郁的食疗法来吃——从此，我就再没敢进过地球人开的医院。

滑车风驰电掣，在长满灰绿色苔藓的大平原上一路向北。周围的世界慢慢暗淡，但出乎意料的是，北半球的永夜并不是想象中那般漆黑一片——苍穹仿佛被蒙上了一片透明的反光膜，绚丽的极光姹紫嫣红，甚至比翡翠星唯一的月亮还要耀眼，远远看去，就像是一条漂满燃料的长河。

也正因有了这微微的光明，本应像沙漠一般荒芜的北半球，凭空生出了一丝生气——凳子大小的荧光菇零零星星地点缀在荒原之上，虽然比赤道附近的灌木丛汪洋要逊色太多，但也颇有一番异域情调。如果再来一点可以用来当野餐的食材就更好了，而不是在一具圆胖笨拙的动力装甲里，吃由地球人调制的所谓"卢安娜女性专用野战口粮"——还不如我自己的宠物饼干好吃。

"这是到哪儿了啊？"第七遍，尼禄有些焦躁地问起同一个问题，"怎么到处看起来都一样？"

之前的灰倈儒，用树枝在河岸边为我们绘制了地图——还是抽象派的画风，如果方向没错，我们应该已经接近一〇五旅的某个驻地了。

灰倈儒管这一带叫作死岩山脉，大致就是这么个意思，虽然我真没有看出附近哪里有山的样子。事实上，无论是轨道探测器的数据，还是脚踏实地的感受，整颗翡翠星就是一颗异常平坦规则的圆球，近百米深的壕沟与低矮的丘陵已经是这里凹凸的极限。通常自身质量极大的行星会有类似结构，但翡翠星的低重力显然不够格，狄多说这可能是超级黑洞的周期性引力潮汐引起的自然地貌——反正我是听不懂。

"所有通信系统都没有响应,"亚瑟愤懑地敲打着雷达显示屏,"那家伙一定是忽悠我们的!自以为聪明的蘑菇人!等这个星球被殖民了,统统送你们去植物园!"

我非常清晰地记得他说这句话时挥拳顿足的滑稽模样,正如我清楚地记得受创警报在舱内轰然响起,滑车被不知什么东西击中了侧后方,将尾部装甲刺了个对穿,残余的冲击力让车辆足足回旋了九圈半——若不是刹车锚运转正常,车内的几位同僚应该都吐得前仰后合了。

至于我?我机智地在车子第一圈侧旋的时候,就瞬移到了车体上方大约二十五米高的半空中——一个可以俯瞰全场的地方。

呃,是的,瞬移。怎么?我没说过我会瞬移?而且可以移动整整二十五米?对白鬼来说,这比抵挡十二倍口径的动能炮直击或者捏爆一艘驱逐舰要难上许多,可算是我修行多年的最得意成果了。

总之,细节不要在意,当时的我腾空了二十五米,离开了动力装甲,身无寸缕地暴露在异星的低压大气之中——大约有一点五秒的样子,也就在这短暂的一瞬中,我目击了那个伏击者的真身。

"是只凶兽!又一只凶兽!"

瞬移回来的同时,我朝驾驶室大喊:"大概七点钟方向,二百米!"

嬴政迅速调整车头,对准我说的方位——它和之前那只虐杀灰侏儒的凶兽几乎一模一样,连蜂巢脸的恶心程度都分毫不差。

"凶兽?它是用什么打我们的?"尼禄哭笑不得地大喊着,"头吗?"

我没法回答他,因为我确实没看见那凶兽的武器,反倒是它自己给出了答案——那快速抽动的蜂巢脸,突然合并在一起,边界消融弥合,变成一个巨大而规整的六边形。

滑车上的电磁炮与这六边形几乎是在同时开火,以亚光速射出的炮弹撕裂了凶兽的左半身,而从它头部发出的杏仁色光柱也瞬间熔解了滑车的整个上半部分。

毕竟是精挑细选的帝皇,这些地球人弃车、散开、布阵、还击的动作一气呵成,我才刚刚爬出滑车的残骸,那凶兽已经被队友们打成了烂泥。

"保持警戒!"嬴政一边做着靠拢的手势,一边命令道,"声呐显示地下有东西在移动!吨位很大!"

"队长!"站在最后排的狄多突然插话,"收到敌我识别信号!判定是企业军!"她可能是有意地顿了一下,"企业军行星空降部队!"

"原来如此,"嬴政指了指动力装甲的脚面,"一〇五旅把基地挖在了地下。"

"为什么?这不符合军事条例啊。"

"我们不是来问为什么的,"嬴政点了点头,"我们是来解决它的。"

每每他发出豪言壮语，队员们都会用意味深长的目光看向我。

嗯，就是那种"壮士一去兮不复还"的眼神——他们知道，肯定又是要我来打头阵了。

按照尼禄提供的参数，翡翠星的地表结构硬度远超一般的类地行星，几乎每一块泥土下面都是花岗岩——但这对白鬼来说毫无意义，就算是我想要在金刚石地面上钻出个洞，也并不比用砍刀切蛋糕难多少。有时，我觉得自己对战友们的最大贡献，也就是在节省时间上面了。

地道非常宽敞，但并不像是人工挖掘——至少不是地球人的手法，从弯折的频率和角度来看，让人觉得更像是某种巨型蚯蚓的巢穴。在狄多核查地上的脚印是否属于动力装甲时，我的注意力却被空气中的律动完全牵引了过去。我察觉到它存在的刹那，才突然意识到，之前地面上并没有这种律动——也就是说，它并不像之前嬴政判断的那般，是某种自然原因引发的现象。

错落的隧道中，到处都留有载具移动的痕迹，不只是空降部队特有的轻量型动力装甲，装卸用的运输车履带印也散布得到处都是。

狄多的呼号一直没有得到回应，但我的感知却越来越清晰——空气中的律动渐渐变得安定，就像那灰袄儒第一次对我说"快跑"时一样。

隧道蜿蜒曲折，将我们一直引向西北方，最终来到一个直径足有一千米的巨大半圆形空腔——感谢卢安娜诸神，企业军那熟悉的标识终于出现在我们面前，连着亲切的地球人数字"一〇五"一起，印在几栋密封式战地营房之上。

"我们是企业协会帝皇联队的嬴政小队！"由于通信信号根本无人理睬，负责联络的亚瑟只好扯起嗓子，"来这里同你们会合！一〇五旅的将士们！你们……"

第一个从营房里探出头来的士兵，穿着全副武装的宇航服。他没有回话，只是慢慢地朝我们靠近，一直提着他的制式步枪；在距离我们大约十五米的位置站定，身后又陆陆续续跟来几个同袍。

也就在这时，律动突然有了变化——像是电流乱窜的刺啦声，在脑海中有节奏地不断响起，实在太过恼人，让我一时放松了戒备。

对，是我的错，我……我那时放松了戒备，但我……我以为当时很安全——几十个企业军的士兵站在面前，那是几十个友军啊，但为什么……

为什么他们会开枪呢？

我还没来得及集中心神，走上前准备交涉的嬴政便被一阵攒射，一时间火花四溅、弹片横飞，虽然都是些轻型武器，但嬴政的动力装甲还是在流星雨般的攻击之下轰然倒地。

只有我在尖叫——

那是恐惧，在我的人生中，前所未有的恐惧。

我见过死亡——不可计数的死亡,残酷猎奇的死亡,但没有一次像嬴政倒下时给我带来的恐惧那般强烈。自小到大,我第一次意识到死亡离自己如此之近——如果这些企业军士兵瞄准的是我这边,我就已经横尸当场了。

所向无敌的白鬼,也只有在杀别人时才所向无敌。

我完全记不清当时发生了什么,真的,恢复意识的那一刻,自己正虚脱般地喘着,眼前是一堆堆黑色的焦灰,有些还连着小半截宇航服,再往前看,企业军的营地已是支离破碎,就像被推倒散架的积木城堡。

"我叫你留一个活口!"尼禄躲在离我几十米的地方干吼着,"瞧瞧你干了什么?连个全尸都没有!"

"算啦!"只有狄多站在我的身后,"起码她还分得出敌友。"

我没有回话,而是用心灵感应向大家轻轻道了一句"对不起"。

指挥权落在了狄多肩上,在她的命令下,我们开始检查已经崩塌的营地。这堆废墟自然是因我而起,但其中的电脑及人工智能都已经提前被人破坏,找不到任何有价值的信息。

"连基本维生装置都完了,"检查完毕时,狄多一脸苍白地说道,"没有人给他们输送给养的话,根本撑不过半个月。"

存放给养的地下室里果然空空如也,更瘆人的是,这里横七竖八地摊放着几十具环境防护服——头盔后翻,显然是被穿戴者脱下之后,随意地丢弃在了这里。

权且不论离开了防护衣物之后，地球人是否能在翡翠星生存，我们还发现了一具明显不是地球人的尸体——乌贼似的身体与触手，猩红色的硬质外壳……我曾和这样的生物一起训练过，他们的名字叫夏姬。我和他们没说过一句话，因为用不着——他们是已知宇宙中最强大的心灵感应者，在每一个企业军的兵团中，都会编制有这样一位夏姬人通信员，在吃饱喝足、情绪稳定的情况下，他们之间的心灵感应比最先进的量子通信器还要可靠——而且要便宜得多。

这具尸体原本穿着特制的动力装甲，为夏姬族量身定做，装满了触手，还附带了各种深入脑髓和神经的插件，其规格与标准都远超一般的通信员。被弹丸击穿的头盔上，印着"特种侦察技术"的字样——我见过这个部队的徽章，此前也曾被他们招募过，比起经过强化改造的夏姬人，我的心灵感应能力实在不算出众，更何况比起侦察，白鬼更擅长毁灭。

"她不是一〇五旅的啊。"

"当然不是——"狄多斜了我一眼，"这是 GT5110 型动力装甲，半年前才下厂，比我们身上穿的还要先进。"

"也就是说，她是在一〇五旅到达翡翠星之后才被派过来的？"

"奇怪，她好像是自杀的，"狄多把手伸进头盔，一边摸索一边说道，"她关闭了维生系统，打开了面罩，结果急性氧中毒了。"

"一个可以随时随地与总部交流的夏姬人自杀了，"亚瑟没好气地道，"督导可没提过这档子事儿啊，我们这算是被骗了吧？"

无人回话，但答案已是不言而喻。不过老实说，我们也一点都不惊讶，企业协会的黑心资本家们欺骗下属，简直是再正常不过的事情了。

那一天，我们在营地的废墟中休息，尼禄与亚瑟又一次问起"有没有听见谁在说话"——他们一定是太紧张了，就算我和狄多的耳朵不好使了，声呐装置也不可能察觉不到有人说话。

在我看来，这两个男人变得有些神经兮兮——不，是整个翡翠星都不太正常，如果我是队长，便会立即命令大家离开这鬼地方，起码叫上一个师的援军再回来。但狄多决定将任务继续下去，她觉得，最起码也得找到一位一〇五旅的活人问问清楚再说。

你相信吗？我们还真就找到了一个。

与其说是我们抓到了这个俘虏，不如说是他自己走到了我们面前。

无人机花了大约十二个小时，摸清了附近整个地下网络的结构。它的出口像是个巨大的铁铲，开口向着正北，那里满布企业军与凶兽的尸骸，甚至还有两部支离破碎的机动装甲。

在我们赶到的时候，那唯一的幸存者似乎早有预感一般，摇摇欲坠地站在那里，挥手恭迎。

她是个女兵，军衔少校——比我还高一级。无论对她说什么，她都只是木讷地看着我们，发出支支吾吾的呓语："向北……去巢穴……要去巢穴……"

施救没有持续太久——实际上只持续了两分钟,这位少校突然就没了气,像抽去了筋骨的烂肉那样瘫倒下去,临终前的遗言,依旧是那句"向北……要去巢穴"。

尼禄仔细检查了尸体,花了整整一个小时却没有发现任何异常。虽然光是看那张长满红疮、病恹恹的脸,我就觉得女兵死因蹊跷,但不管怎么说,尼禄是生物学专家,而我只是个学宗教的半科盲,狄多自然宁愿相信前者的话。

现场的乱象倒是一目了然,任谁也能看得明白——一〇五旅的大队人马在转移时与十余匹凶兽遭遇,双方鏖战。即便损失惨重,企业军最终还是冲出了这个铲形的地下出口,并与不断增援而来的凶兽持续交火,不断向北推进。

"让我们来简单分析一下现状——"只有四个人的作战会议上,狄多显出一副拿不了主意的模样,"灰侏儒是外星人,一〇五旅是自己人,凶兽杀自己人,自己人杀凶兽,所以,敌我关系已经非常清楚了——要支援一〇五旅,说白了就是要与凶兽作战。"

"这些凶兽会喷激光,能烧穿现代装甲,你也看到了——"尼禄回头望了一眼战场上的机甲残骸,他的脸色不太好,"还不知道是什么原理,我从没听说过这种生物。"

"但它们毕竟只是生物,"亚瑟摇着拳头,"一梭子扫过去就死了!"

"可我们只有四个人,鬼知道这些凶兽有多少。"狄多无奈地道,

"一〇五旅有五千个老兵外加重型装备都生死未卜，我们恐怕……"

也就是在她说这句话的时候，我豁然开朗，明白了督导选人的本意："我猜，这就是派我来的原因了吧。"

不需要弹药，不需要额外的装备与补给，连饭量都比普通地球人要小——在这种只能依靠寥寥数人进行行星规模作战的陌生异域，一名白鬼的作用还真不见得比一个空降旅要小，就更别提作战失败时的抚恤金问题了。

在我们收集给养和武器的时候，亚瑟修好了一台受损最小的虎式双足机甲，虽然比装甲师中的虎式多脚机甲要轻上不少，但它毕竟是空降旅编制中最重型的武器，拥有在五公里外摧毁半座城市的核火力，而且还会飞！我实在想象不出凶兽要用什么方法才能击败这样一头钢铁巨怪，非要有个解释的话，恐怕只能归咎于操作员的理智丧失——就像之前那个连人话都说不好的女少校。

而现在最无奈的是，我们唯一的线索只有她的话。在向北飞行的过程中，地面上不断出现小规模战斗的痕迹，七零八落的尸体，总有十来具的样子，偶尔还能看到一两头似乎是在巡逻的凶兽，为了节省弹药，狄多将这些猎物留给了我——轻松愉快，从空中看，那场面简直就像是在烤肉松饼。

亚瑟和尼禄愈发不在状态，不断地向我们描述着那种子虚乌有的低语，有两次甚至还装模作样地形容起说话者的嗓音。我和狄多暗自商议，无论之后发生了什么，一旦捣毁了凶兽的巢穴——如果有的话，就离开翡翠星，这里的经历已经足够写上一份耐人寻味的报告，适当地添油加醋，糊弄一下上级应该不成问题——这也正是狄多所擅长的工作。

但你也知道的，人生不如意事十有八九——一路向北的过程中，地貌之类全无差异，灰蒙蒙的一平到底，就好像是被人裹上了一层均匀的水泥，别说是什么巢穴，就是一座山、一条河都不曾出现。

最终，虎式双足一口气飞过了差不多四十个纬度，在应该是北极的地方发现了不同寻常的景致。

"那是？"

从天而降的极光，宛如一圈五彩斑斓的帷幕，将整个地平线都完全遮死，这本应是冰天雪地的黑暗世界，也因此而变得光怪陆离。

轨道上的运输舰并没有看到这层光幕，也就更不可能显示出翡翠星北极的真实模样——这是一张规模超乎想象的超级伪装网，从地面到天空，直至大气层，它的技术含量超出灰侏儒大概两三百万年之多，更别提那看起来根本没有社会性的凶兽了。

"万神之眼。"

狄多突然念出的这个词，让我莫名地一阵心悸。

翡翠星的正北极。

一片银白色的汪洋，风平无浪，仿若明镜，映出了在其上缓缓飞过的战斗机甲。

单凭虎式双足机甲自带的探测器，根本无法解析银白色液体中的成分，一连串的问号在屏幕上晃得煞是滑稽，而我和狄多也已经被眼前的绝景惊得瞠目结舌，无暇他顾——一座塔。

在汪洋的最中心，可能是北极点的位置上，耸立着一座黑色巨塔，它的正六边形底座宛若岛屿，靠南的边缘停着四架企业军的运输机——已经全部被摧毁，正冒着袅袅青烟。

如若有什么东西能够被称为巢穴，那一定就是这里了。

"整个塔身都环绕有高能量反应，"狄多点了点屏幕，"降下去我们就会瞬间爆炸。"

"多强的高能量？"我本能地握了握拳头，"也许我能试着造出一个磁场，打开缺口。"

"别，太强了。"狄多面色惨白，"转化成动能的话，它能把一艘高加米拉级战列舰送出地球轨道。"

不骗你，我当时就戾了——如果状态好的话，把驱逐舰送出轨道的高能量或许我还能尝试一下。

"里面……里面是……空心的。"沉默多时的尼禄，突然结结巴巴地开口道，"那是……控制……控制室。"

正要发问的狄多，被我用手轻轻挡开。从尼禄那迷离而闪烁的眼神中，我隐约察觉到了什么。

"万神之眼的……控制室，"尼禄颤巍巍继续道，"就在那顶上。你们要找的东西，就在那里面。"

冥冥之中，我感觉现在说话的这个人不是尼禄。但也正因如此，我反而更加确信他说的是实话。

"但我们要怎么进去呢？底下有高能量挡着。"

"你，可以……"

是幻觉吗？我突然发现，他的声音竟然与空气中的律动频率完全一致："可以，瞬移进去。"

身为一名白鬼，我早就习惯了世间的种种不科学，最好的应对办法，就是宁可信其有。

我的导师艾，练习了三十年瞬移，只能挪动三点五米；前面也说了的对吧，我能移动二十五米，这本来是可以炫耀一番的事——如果我瞬移后还能穿着衣服的话。

权衡再三，我还是只带了一部便携式通信器——可以含在嘴里的那种，虽然狄多觉得咬一柄手枪进去更安全，但考虑到建造这塔的西帝文明比我们早了一亿年，手枪的安全系数也实在小得可怜。

虎式机甲在距离塔尖大约二十米的位置保持悬停，我深吸了最后一口驾驶舱内混浊的空气，再喷吐出来的时候，就已经赤身裸体地站在所谓控制室的中央了——嘴里还叼着嗡嗡作响的通信器。

这是个完全封闭的圆锥形空间，不知用了什么特别的装潢方式，甚至比从外面看起来的体积还要大出不少。

房间中唯一的陈设，也是仅有的光源——一个正六边形的黑色石台，那大小，差不多能摆上一桌十人份的晚餐。发亮的并不是台面本身，而是悬于其上的球形投影——我觉得应该是投影，虽然那种逼真的质感就好像是真实存在的固体。

通信器接收不到任何信号，我大致检查了一下周围，果然连个门或者窗户都没有。我试着用鼻腔吸了吸——并不是真空，相反，与外面翡翠星的环境几无二致。也就是说，氧的浓度依然太高，我还是得憋着气。

"我们并不知晓它的意义……"

脱离了动力装甲之后，那律动的声音反而更加真实清晰，仿佛有人贴在耳边温柔地呢喃轻语："但这应该就是你们所说的万神之眼了——如果在这贫瘠的星球上，果真有符合如此圣名之物的话，那么非它莫属。"

我再次看了看手里的通信器，有些懊恼地将其弃在地上——进化了几千年的无线通信技术，还不如灰侏儒那没有任何科技含量的心灵感应给力，要它何用？

"这是万神之眼？"我抬头看着球形物体的投影，试图回应着律动，"看不出来是个什么东西啊！"

"翡翠星，就是万神之眼。"律动的声音顿了顿，"万神之眼，就是翡翠星。"

"但——万神之眼应该是个望远镜吧？我……"

身为卢安娜女人的我，竟然打了个激灵。

望远镜？诡异的自转角度，始终向着轨道外侧的北极，还有平整得不像自然形成的地面……莫非在这些表象之下的翡翠星本身，就是一座巨大的望远镜？

我是有打算好好地冥思苦想一番的，但星际考古学和空间建筑学对我来说都太过高深了，更何况当时的我还憋着气，你懂的，实在没有心思去研究这些问题了。

"见到球体上那些蠕动的黑点了吗？"我点点头，并未回话，但那律动却看清一切似的低喃道，"那是凶兽的位置。每一头，凶兽的位置。"

密密麻麻的黑点，主要集中在昏暗的北半球，有八百只？不，最少一千只。

"凶兽会死而复生，数量并没有意义。"律动继续道，"它们是侵略者，妄图霸占这颗行星，我们无力抵抗，渐渐退败，已快要绝灭。"

所以，凶兽同样也会攻击一〇五旅。嗯，从某种意义上说，这应该也算是行星侵略者之间的竞争了吧？

"我们没有办法，才来到这里，但是你可以，你可以消灭它们，消灭它们所有人，利用这个行星的防御机制。"

防御机制……要怎么做？按钮在哪儿？还是有什么机关？

"摧毁它。""摧毁它。""摧毁它。"

律动狂躁不止，那连续不断的声响，仿佛无数人在耳边低语，直抵颅脑，这又提醒了我，之前它用的自称始终是我们。

"你能做到。""你能做到。""我们知道你能做到。"

无数遍重复的话语，让我一时失了神。西帝人制造的石台与投影，比当代的技术领先了不可计数的世代，凭我与生俱来的原始力量，真能将它摧毁吗？

不瞒你说，小哥，我还真的可以——对此，我从没怀疑过一秒钟。

再伟大的造物，再坚固的形体，即便我无法理解它的构成与原理，只要不违背熵的法则，便不至于无懈可击。

石台开始风化碎裂的刹那，整个控制室的外壁也开始坍塌，在那之前的半秒钟，我瞬移回了虎式双足的驾驶舱。闭眼深呼吸的同时，尼禄与律动的声音也一并响起："谢谢。"

再睁开眼时，我惊得目瞪口呆——狄多倒在地上，头已经被打开了花，脑浆与电子神经元件混成一堆不可名状的物质，在尼禄的脚边流淌。

"尼禄，你！你干了什——"

后半句话还没来得及出口，空气中的律动便猛然攫住了我的思维——从身体到灵魂，我仿佛被什么紧紧钉牢了一般，动弹不得。

"花火圣堂的莫雅啊，了不起的白鬼，我们感谢你。"

冷漠，傲慢，却彬彬有礼，不带任何歧视或敬畏的意味——这辈子第一次，有人在知道了我是白鬼之后，还用如此语气同我说话。

"你帮我们赢得了这个世界，现在，请加入我们吧。"

尼禄丢下动力装甲的巨枪，慢慢走向因为呼吸困难而跪倒在地的我。

"为……为什么要杀狄多？"

"她的脑子被改造得太多，已经无法听见我们的低语了。"尼禄顿了顿，"而你也很特别，可以直接聆听我们的心声。"

果然，从一开始，尼禄他们听见的东西，和我所谓空气中的律动，就完全是一回事——都是灰侏儒的心灵感应，那遍布整颗行星的心灵感应。

尼禄的样子已经完全失去了心智，由此想来，那一〇五旅的下落也有了答案——它们被灰侏儒所控制，成了与凶兽征战的炮灰。

不，等等，这样想来，我不也是被灰侏儒利用了吗？而且还是作为一颗王棋，一步将死了所有的凶兽，它们知道我是白鬼，明白我的价值，它们需要我来进入巢穴，所以才让我保持着心智，直到现在。

说到这里，一切应该都已经非常明了了——我被骗了。

"你们——这些灰侏儒——"我艰难地打开喉头，发声竟也如此困难，"才是入侵者，对吧？"

如若翡翠星是西帝人的造物，那么作为控制室的"塔"理所应当就是行星的中枢，摧毁这里便能够摧毁凶兽的话，凶兽无疑也就是塔，进而是整个翡翠星的守护者。与之相对，灰侏儒的实质，便不言而喻了。

非常简单的稚嫩推理——但在那十分钟之前的我,却偏偏就没能看穿。对方的心灵操控技巧远超过我,而我却为能够听见他们的言语而沾沾自喜。

"我们不是灰侏儒,我们即是我们。"

说着,尼禄打开了自己动力装甲的头盔,一阵机械传动的微鸣之后,露出了已经完全不成人形、没有口鼻的灰绿色面孔——我意识到,这便是一〇五旅那些士兵脱下防护服后的模样。我们所苦苦寻找的,竟是最初在我们面前出现的灰侏儒。

"不要误会了,莫雅,你看到的,只是载体。"

动力装甲完全敞开之后,已经基本上变成了灰侏儒的尼禄踉踉跄跄地走了出来:"而你听到的,却是真正的我们。流浪了无数世代之后,我们找到了这颗行星,它小而贫瘠,但却是我们繁衍生息的最后希望。我们改造它的有机生命成为载体,一个接一个,一种接一种,直到我们触动了造星者留下的防御机制。"

"凶兽。"

"对,凶兽。这个防御机制分析我们、研究我们,它察觉到了我们的弱点,因此制造出不能被我们改造的硅基生物,一点一点地将我们的载体销毁、击退,我们虽不会灭绝,却也丧失了扩张的能力。"尼禄侧身指了指动力装甲,"你们的一〇五旅带来了可怕的武器与装备,最初尚可一战,但凶兽很快也进化出了同样强大的火力。我们组织了一次向北极的大进军,以失败告终,就在我们快要绝望的时候，你出现了。"

我……我都做了什么呀？

"你做得很好。"尼禄轻轻拉过我的手腕，"现在，加入我们吧，加入真正的自由吧，莫雅，你懂得心灵感应，理应明白这种快意。"

空气中的律动近乎饱和，无数尖啸般的信号从四面八方向我涌来，在那一瞬间，我睁大眼睛，好像看见了整个星球的全貌——从地上到地下，从北极到南极，上百万、上千万个画面在脑海中跳动，还伴着少女般轻柔悦耳的和鸣：

"加入我们吧！"

"加入我们吧！"

"加入我们吧！"

我的身体好像渐渐失去了知觉，轻飘飘的，浮了起来。我虽然不理解为什么心灵感应能够对人体进行改造，但发生在尼禄身上的事已经把结局表达得清清楚楚了。

"你拥有伟大的力量，成为我们的神、成为我们的王吧，守护这颗古老的星球，守护我们这个古老的种群。"

那上千万个画面逐渐清晰，仿佛变成了由我自己亲眼所见的东西，而属于我本人身体的所有感官却都在慢慢消散。我突然想起了那个自杀的夏姬人——她应该也是恐惧于即将到来的命运，所以才会关闭维生系统又打开面罩的吧？

对，我那时想到的，真的就是自杀——虽然我的身体已经完全动弹不得,但身为白鬼,要自杀的话,只需要一个念头便已足够。

看来,也就到此为止了,师傅,我有让你失望吗?我有愧对卢安娜的祖先吗?至少,我可以选择以白鬼的身份,以白鬼的方式,有尊严地死去——只需要用一点点不费大力的冥想,我就可以让自己的意识进入毫无苦痛的停歇与永眠——这在修道院中最早完成的训练,现在,就要变成我最后的一次修行了。

彼时彼刻,汇聚在一起的律动变成了惊涛骇浪,而那些被称为载体的灰侏儒,却愈发真实地侵入我的思绪,这由无数微小个体组成的意识海洋,将那个名为"我"的外来物拉进深渊,渐入黑暗。

突然,一切和谐与共振都被惊人的尖叫声所打破,最接近我的那个意识,掀起了律动中的第一道波澜——我能感觉到它正试图脱离,却和我自己一样,被集体意识构成的黑洞所牢牢擒住。

这突如其来的变故很快演变成了多米诺骨牌似的崩溃,越来越多的意识骚动起来,像失控的兽群那样狼奔豕突。

也就是在这个时刻,我恍然大悟,它们这可能是在避险——如果我的意识与它们完全融合,那么我的自杀也即意味着这个集体的自杀!

你懂我的意思吗?这是一千万人的自杀。

总之,它们也许没有脑子,甚至没有实体,但我这颗小小的焰种,依然在心灵感应的巨网中燃起了漫天大火,那就让它们征服整颗行星的集体意识之锁,最终成为它们的死刑判决,无论怎样挣扎、哀号，早已深深植根于彼此的灵魂们也只能在绝望与咒骂中陷入沉寂与永眠，与我一起。

不同之处在于，受过训练的我，懂得在永眠开始的几分钟后唤醒自己——就好像事先设置的闹钟，而没有受过训练的这一整颗星球，便当真要永眠不醒了。

在失去意识前的最后一刻，伴着越来越微弱的律动，我的耳边又起了导师的临别赠言：

"你若作恶，须让白鬼威名赫赫，摄魂碎胆……"

正如预料的那样，我醒来之后，很快就被公司派来的救援队发现并带回了战舰——他们似乎早有准备，在嬴政小队出发后就跟了过来。水兵们并不知道我到底做了什么，或者被做了什么，却明显像受什么人指点过了那样，十分虔诚地管我叫作英雄。

但那个时候，我已经差不多厘清了整个事情的全貌——还得感谢那个自杀了的夏姬人。

你要知道，这世上没有任何办法阻止一个夏姬人与另一个夏姬人进行心灵感应，哪怕隔着一整个宇宙。也就是说，她在自己即将被灰侏儒同化而自杀之前，一定是把消息给送了出去，而企业协会也一定知道了在她身上、在一〇五旅身上发生了什么。

而能派遣一名珍贵的特种侦察技术部队的成员前往翡翠星，说明督导一定早就知道了翡翠星上存在着大规模的心灵感应场。而在她的消息传回之后,督导已经发觉了灰侏儒的真相——也许是全部,也许只是一部分,于是派出了嬴政小队,或者准确地说,是派出了我,利用我去解决翡翠星的问题。

有多大的能力,便承担多大的责任与风险——老实说,以白鬼之身离开修道院时,我就已经对被人利用有了心理准备,但被人利用去对一整颗行星进行种族屠杀……这未免也太说不过去了一点。

我想要找督导讨个说法——这本来是可以私下里解决的小事,但他敷衍的嘴脸与态度,让我决定应该给这位权贵一点教训。

我花了半年时间准备证据,整理报告——对,别以为我只会打打杀杀,我那时是真的打算给那些新闻媒体一点猛料,结果你猜发生了什么?哦,你应该能猜到的,督导直接买通了媒体,所有消息和材料都石沉大海,我还被穿了小鞋——以不遵守军纪为由而除去了军籍。

不只是如此,他还给修道院施压,要求给我执行脱能仪式——让我失去所有的神力,变回普通的卢安娜女性。这样做会导致一个新的白鬼在不可预知的时刻与地点降生,但对企业协会来说,这总好过放任一位充满怨恨又知道丑恶真相的超能力者逍遥在掌控之外。

我不想让导师为难,但也不甘像其他选择了脱能的先辈们那样在修道院里终老,所以我与那位督导大人做了一个交易——我脱能还凡并保证不再提起翡翠星之事,而他放我一马,不再追究泄密之责。

你瞧，我和我的导师当然知道你们人类是一个不喜欢守信用的种族，所以在痛苦的脱能仪式刚刚结束，脑袋还像火烧一般时，我就连夜离开了修道院，登上了一艘开往伊泽尔星团的货运飞船，又几经辗转，来到这里——这个名叫"QQD5523"，实际上差不多就是老鼠窝的矿业行星。

所以说，小哥，我孤苦伶仃、孑然一身，在此时此地、此情此景中喝着闷酒，却仍然被那些住在豪宅里的大人物所嫉恨猜疑，欲除之而后快。

话说，你那位秃头朋友，从咱们聊天开始就一直在看这边呢，不如叫他来一起喝吧，酒还剩半瓶，足够三个人分。

什么？他不是你朋友？哦，那门口的那一桌呢？那对点了蛋黄派的人类情侣呢？听他们的口音，我猜，是直接从地球过来的吧？

这不对啊，应该还少一个人吧？让我想想，对啦！是在酒馆对面的屋顶吧？小队里总得有一个狙击手不是吗？

但是要我说，哥们儿，派遣一个帝皇联队的小队、五个人类中的至强精英来杀我，是什么意思？这未免也……啧，怎么说呢，我这辈子都没有受过这么大的侮辱啊。

难道在接受这个任务之前，就没有人告诉过你们吗？即便是经过了脱能仪式的白鬼，也必须要刺瞎双眼、堵上耳朵，在冥想与仆从的照料下度过余生？哦，对啊，我怎么都忘了呢——你们人类都是些实用主义者，所以你们从来都只在乎有利用价值的白鬼，对没有利用价值的脱能后的白鬼毫不在意,甚至都没有想过,为什么要把他们关在修道院中,秘不示人?

我明白,我说了这些也没用,毕竟,"刀山火海,帝皇何惧",我也在帝皇联队待过,无论如何,你们是不可能放弃任务的。

所以,来吧,咱们干了这一杯,然后叫你的朋友们一起上吧,你我都知道今天这事儿会有一个怎样的结局,别给自己留下遗憾,顺便——也帮我省点时间。

注:本文原名《白鬼夜谈》,获光年奖。

不败者

"我看到了你的未来……
而在你的未来里,没有我。"

不败者

一

他们总说，西帝人的遗迹还活着——那些乌黑发亮的墙壁，永远敞开的闸门，我们报不出名字与用途的古怪凸起物，甚至连那些毫无规律和美感的诡谲雕饰，都有着自己的生命。只要一个西帝人再现，他们便会手舞足蹈，像极尽阿谀之能事的弄臣那样簇拥上来，为主人实现任何愿望。

可惜，西帝人再也不会出现了——因为某种无法理解的原因，他们在两百万年前消失殆尽，连一具可供研究的尸骸都没有留下。

现在，只有这些散落在银河系中的零星遗迹——这些安静的建筑与雕塑，告诉后来的我们，曾经有这样一个伟大的文明，统治了整片星空。

每一次，我们的边界向外开拓，无论是一光年，还是一万光年，西帝人的遗迹总会出现在更遥远的前方；每一次，随着世界这个概念的扩大，西帝人统治过的地区也在扩大；每一次，我们以为自己是先驱者，却像是蹒跚学步的孩子，只是沿着伟大前辈的脚步走下去，不知何处才是尽头。

也许，答案就像那亿万星辰——触手可及，又遥远无边。

二

对没有什么文学造诣的我来说，为了在日记里写出上面那段漂亮话，可真是花了不少工夫——确切地说，是三个小时。

对，闲极无聊的三个小时。

从"阳炎号"巡洋舰上出发，坐上登陆艇，降落到这颗冰封星球的表面，本来预计只需要四十分钟，却因为突如其来的坏天气而一再延时。没有什么比窝在座位上动弹不得更让人心烦意乱的了，和坐在我斜对面角落里的尼雅不同，我没法像她一样靠冥思来打发时间，再加上我把所有的娱乐用品都留在了巡洋舰上，翻来覆去能看的，竟然只有储存在灵核里的工作日志——哦，工作日志，你可以想象，这是多么糟糕的三个小时。

可真正痛苦的，却是走下登陆艇之后的那十分钟。

我这辈子从来没有见过这么大的暴风雪——通常，西帝人的遗迹都出现在"面朝大海，春暖花开"的好地方，尤其是那些像童话仙境一样美丽的五星级宜居行星，只要你肯挖，绝对能找到西帝人的建筑群。

但这个星球是怎么回事？避暑山庄？采矿基地？还是劳改农场？

总之，脚刚一落地，我便开始咒骂起盖伦——用我能想起的所有恶毒辞藻，从下飞船开始，一直到进入遗迹。

对，该死的盖伦——如果不是因为他，我怎么会到这鸟不拉屎的穷乡僻壤来？

三

一切的起因是在五天前。

闲了一整个月的我，被叫到了边境业务开拓部总监的办公室里，当我看到尼雅那张木讷冷漠的脸时，心里马上就明白，这又是一件相当棘手的麻烦案子。

"霍卡，来看看这两段通信，上午刚收到的。"总监指了指桌上的全息投影仪。

不停闪现的马赛克和断纹，让我根本无从辨认到底是什么人在说话。

"盖伦……盖伦他……他疯了！"由于是黑白投影，我也看不出说话者脑门上那是血还是油，"他杀了三个人！不，也许是四个！他有枪！我们都会……"

不光是画面，这人连说话都带着杂音，不时还会卡一下，然后画面便开始猛烈地抽动。

"最新的 PP79 型量子通信器，"我模仿着广告里台词的口气，一脸严肃地调侃道，"德美尔科技，达卡拉公司荣誉出品，让您的交流如梦似幻。"

"正经点儿，霍卡，"总监打开投影仪的读取仓，换了一块芯片——蓝色的芯片，最高保密规格的那种，"刚才说话的这人是老陈，资深研究员，我们派往'标的7'遗迹的科考队，就是由他负责的。"

投影仪开始运转，很快，又出现了另一个满身马赛克的人影，我决定在听这人开口说话之前，还是先搞清楚他的身份比较合适。

"那么这位是？"

"盖伦。"总监顿了顿，补充道，"紧接着上面那段通信，一分钟后传过来的。"

带着剧烈的喘息，盖伦只说了一句话："他越过了边界。对不起，我实在没别的选择。"

通信中止，我和尼雅默契地交换了一下眼神——这事儿看来有点意思。

"盖伦和你一样，是有编号的正版合成人，"总监调出一堆人物资料似的文档,"灵核由镭曼公司生产,是具有高度逻辑性的军用型号,品质保证,发疯这种事情,根本是不可能的。"

"明白了,"我点点头,"所以你派我去调查他为什么会发疯?"

"我才不关心一个工兵的心理问题——你只需要告诉我在'标的7'遗迹中发生了什么就行了,"总监摊开手,"做个记录,客观公正,看到什么说什么,明白吗?"

话音刚落,我便有了一个非常令人不快的推理:

"等等,总监,听您的意思,科考队是没人活着回来了?"

"对,"总监面不改色地点点头,"我已经联系了第十三监察舰队,他们会派'阳炎号'巡洋舰做你们的后援。"

我看了尼雅一眼,这女孩依旧是毫无表情,完全不知道害怕的样子。

"冒……冒昧地问一句,总监阁下,"我清了清嗓子,"那支,呃,科考队一共有多少人?"

"九个人。"仿佛是理解了我的言下之意,总监站起身,拍了拍我的胳膊,"别怕,霍卡,不就是死了几个人而已嘛,人类文明能发展到今天,死的人还少吗?勇敢点,回来我给你加薪。"

不知为啥,在听了他的安慰之后,我就只有想哭的感觉。

四

其实，总监说得没错，人类成为银河霸主的道路，是一条真正的血海深渊。

我们曾经断言，依靠分裂生殖的夏姬人不可战胜，但在研究出了合适的生化毒剂后，他们差一点点断子绝孙；我们曾经断言，能够夺人心魄的伊拉贡人不可战胜，但现在他们却居住在保留地中，服服帖帖地为人类训练像尼雅这样的超感者；我们曾经断言嗜血尚武的德美尔人不可战胜，但在《荒火协议》签订后，他们却成为人类军队的一部分；我们曾经断言钢筋铁骨的撒伯人不可战胜，可仅仅过了不到一个世纪，这个已经存在了上千年的机械文明便成为历史。

现在，我们断言，至少在已知宇宙的边界内，人类已经不可战胜，无论是虫子、机器还是能量体，顺者昌，逆者亡，决心死磕的种族就只有死路一条。

但是每一次，当我站在西帝人的遗迹中时，属于人类的那份自豪感便荡然无存——我相信，换作是任何人，也会产生同样的感受——

敬畏，甚至，有点恐慌。

虽然位于地下深处，但就和其他所有西帝人遗迹一样，不需要任何照明设施，这里依然灯火通明，宛若白昼。流线型的墙壁和地板呈现着纯粹的黑暗，却散发出让人不可思议的柔和光芒——而且随着我们的移动，这光晕也跟着推进，因此在我们的视野里始终没有死角。

由于至今都无法解析西帝人的建筑材料——以现有的科技，我们甚至不能将其破坏以提取样本，所以也更谈不上对这种人性化的照明系统进行复制。

经过了一条大概一百五十米的倾斜通道之后，我和尼雅进入了主厅。通常来说，西帝人的建筑里都有这么个结构，至于其作用则众说纷纭，光学术论文就有好几万篇，作为事故调查员的我也就不发表观点了。

这个遗迹的主厅格外霸气——地面呈椭圆形，面积足有音乐厅那么大，与地板融为一体的墙壁一直向上延伸，在差不多五十米的高度上突然向中央收缩，变成一张典型的西帝式穹顶——实际上，西帝在夏姬语中的意思就是天花板……虽然我到现在也想不通，以夏姬人那种触手一样的发声器官，是如何说出"西帝"这个词的。

巨大的穹顶中央，有一圈不规则的雕纹，看起来就像是烫伤后留下的疤痕——这同样是典型的西帝人风格，至少在我去过的九座遗迹中，类似的装饰物随处可见。

主厅出口的旁边，摆放着一部 R92 型野战指挥终端——科考队的标准配备，屏幕还亮着，运转状态也十分良好，只是根据以往的经验，它并不会提供太多有价值的信息。

尼雅伸手在操作台前轻轻一扫。

"最后一次使用是在五天前，"她慢悠悠地道，"使用者的情绪稳定，嗯，还是个女人。"

"那就既不是盖伦也不是陈了，"我指了指身旁的通道，"继续前进，咱们找人要紧。"

接着，我们又走了一小段狭窄逼仄的通道，而且尽头还是死路——一堵光洁到可以照出人影的墙壁横亘在我和尼雅面前，地上还戳着一根让人看上去就相当不悦的黑色棒状物。

许多西帝人的遗迹都有相似的装置，应该是近乎锁之类的东西。通常来说，看到这玩意儿就可以宣布调查终止了，因为无论采取任何方法——包括使用大口径磁轨舰炮，都不能对西帝人的建筑材料造成半点损伤，这些乌黑的发光物质，甚至比最厚重的战舰装甲还要坚固。

但是很明显，至少在这个遗迹里，科考队走得比以往要远。就在我对其中的原因做出种种假设时，地上的棒状物突然朝我们微微倾斜，尖端似乎还闪起了幽幽的蓝光。

"小心，"尼雅伸手将我拦在身后，"别被照到。"

这我当然明白——还记得在"标的101"遗迹中，我第一次遇见锁，只是与它打了个照面，便昏迷了半个小时。按照超感学家的说法，这种棒状物会释放被称为"询问式思想波"的东西，可以与西帝人进行某种形式的神交,当然由于我不是西帝人,便只能享受昏迷半小时的待遇了。"

"嗯?"尼雅一愣,"怎么回事?"

话音未落,堵在我们脸上的那面墙竟然张开了一个口子——就像某种怪异生物的排泄器官,过程虽然有点恶心,但结果却令人振奋不已:展现在我们面前的,是一个前所未见的巨大空腔,就算是"标的9032"那种规模的巨型遗迹,恐怕都没有它这般大气宏伟。

"奇怪了。"尼雅稍稍皱了一下眉头。

"不,美人儿,说奇怪的应该是我,"我指着身旁的棒状物,"你对它施了什么魔法?"

"什么都没。"尼雅耸耸肩,"它对我说'欢迎回来,主人',然后门就开了。"

五

仅凭目测,空腔的面积大约有三万平方米——也就是相当于四个足球场,整体形状像是一只倒扣在地上的碗,内壁与地板浑然一体,看不出任何接缝和组装的痕迹,似乎如此之大的结构,是由一整块金属掏空打磨而成的。

哪怕是最简单的西帝人日用品都无法用逆向工程来复制,如何才能建成像这种规模的遗迹——这根本就不是我能够去研究的问题。

带着一丝亢奋与紧张，我走出通道，进入空腔的边缘，随后觉察到，似乎有什么东西在响——一种嗡嗡嘤嘤的呢喃，听起来还有点刺耳。

"别担心，"尼雅在我开口发问之前便给出了答案，"普通的声波而已，没有破坏性。"

超感者可以侦测到不安与疑惑的情绪，因此我只有在心平气和的时候才能与她进行正常的交流——我猜尼雅也一定知道我对她很有好感，只是碍于面子和其他种种原因，我们谁也没有点破而已。

"其他的危险呢？你还发现了什么？"

"我们又不是第一次合作了，"尼雅不紧不慢地回道，"你应该知道我的水准。"

确实，和她一起出勤的时候，我甚至都用不着携带武器。

虽然看起来纤弱迟钝，但尼雅见过的大场面比我要多得多，四年前的泰罗星区叛乱中，她在一个月之内就"抢"了四枚荣誉勋章——如果你看过她的战绩列表，甚至会怀疑为什么伊拉贡最后会败给人类。

不只是看一眼就能让你的大脑变成糨糊，作为一个打娘胎开始与伊拉贡人共生的超感者，她拥有四十秒关于未来的回忆，可以在任何致命危险降临之前就做出预判——按照通常的理解，这种能力与不死是可以画等号的——没错，也就非常适合她现在的工作。

因为角度的关系，直到走到跟前，我才发现位于空腔中央的裂渠。这是一条大概有十五米宽、五十米深的沟槽，它刚好将空腔一分为二，中间只由一座向内凹陷的反拱桥相连——看起来并排走过两三个人应该没有什么问题。

嗡鸣声正是从这底下发出来的——怀着好奇与不安，我小心翼翼地走到没有任何防护措施的边沿，探头朝里面望去。

在凹槽的底部，躺着一根巨大的、被考古学家们称为"光之螺旋"的梭形结构。不同于其他西帝人的遗物，它通体华丽的淡紫色，并笼罩在雾蒙蒙的光晕之中，如果使用专业设备仔细观测，还能发现结构体表面上那些粗大的螺纹——它们正以惊人的高速旋转着，一刻不停，恐怕在两百万年前，它们就已经保持这种奇怪的状态了。

"第九边界区也出现光之螺旋了，"尼雅慢吞吞地道，"我们要不要先出去报告一下？"

光之螺旋是相当危险、也许是唯一危险的西帝人遗物，任何企图靠近的尝试，都会在十米左右的距离遭到高能量拦截——这可不是吓唬人的形容词，能把它的能量数值测出来的仪器现在还没研究好呢。

"报告完了还不是要回来找人？"我摇摇头，"又不是什么新发现，咱们忙好自己的事情就可以了，以后自然会有专业人士来这里研究。"

在西帝人的遗迹中，光线总是从四面八方围拢过来，所以人看不到自己的影子，大多数时候这种视野开阔的感觉让我很安心——毕竟不用担心有什么怪东西潜藏在阴暗的角落里。哦，每每想到这儿，我就会怀念起阿米罗亚星球上的黑暗丛林和那长达二十三个小时的漫漫长夜。

在那里，我第一次与尼雅相识，也多亏了她的超感能力，我从猛袭兽的血盆大口下侥幸逃生。

蹚过了反拱桥之后，尼雅又回头望向深渊中的光之螺旋，如果不是我拉过她的肩膀，她恐怕能在那里看上半个小时——作为能量态的生物，伊拉贡人特别容易被强大的光源所吸引，这个毛病在共生的时候也会传给超感者。有时，尼雅在大马路上走着走着，就会莫名其妙地抬起头来，面朝太阳，露出一脸陶醉的表情。

只是每一次，她都不承认。

"不是你想的那样，"尼雅慢条斯理地辩解道，"我只是要再确认一下方向而已，免得像上次一样迷路。"

"嗯，"我随口敷衍，"我懂的。"

"你骗我。"

面对这种不肯承认自己本性难移的倔强，我只能回以苦笑：

"因为我骗不了自己啊。"

大约在距离反拱桥三十米的地方，我们发现了第一个和科考队有关的线索——那是一把蓝白色涂装的脉冲突击步枪，RX76 型，

12倍速的军用制式,虽然不算什么高精尖武器,但对科考队来说已经是绰绰有余了。

周围没有尸体,也没有其他被遗弃的工具,只有孤零零的、掉在地上的一把步枪——我的第一个想法是,这玩意儿坏掉然后被人遗弃了,于是将其捡起,随意地扣动了一下扳机。

一束重原子核脱膛而出,像蓝色的闪电般重重砸在地板上,又猛烈地弹开,直冲屋顶,化作一声在空旷中回荡的刺耳尖鸣。

"见鬼!"

我连忙合上保险,把步枪捧在怀里前后左右地转着圈儿研究——军用的制式武器都装有射手识别系统,从理论上讲,外人是不可能用它开火的,发生刚才那种意外只有两种可能:第一,这枪是定做的民用型号,没有安装识别器;第二,这枪被黑商洗过,变成了无主的凶器。

我抽出弹夹,发现弹药已经消耗了一半——也就是说,在我拿到它之前,这把RX76步枪已经射击了超过一百五十次。可想而知,那一定是相当激烈的一场战斗,可为什么使用者会在枪里还有弹药时就将它丢弃呢?

对于这一类和动机有关的问题,我通常都是直接交给尼雅的,大部分时候,她只需要轻轻一触,便抵得过三个侦探的推理。

"呃,"但是今天,她让我失望了,"什么也没有。"

竟然是如此漫不经心的态度——如果不是因为穿着防护服,她多半还会若无其事地玩玩头发，一副没什么大不了的样子。

"什么也没有？"我当然不可能像她那样淡定，"使用者的信息呢？被遗弃的理由呢？总会留下点什么吧？"

"我只能感觉到最后一个使用过的人是你，"她不紧不慢地回应道，"再往前的就是一片空白了。"

"最后一个使用过的人是我，"我点点头，"谢谢，这不用你感觉，我也知道的。"

尼雅可以读到残留在物体上的思念——这同样是伊拉贡人的独门绝技。无论是谁，只要他用过这把枪，肯定会留下足以让我们判断出其身份的基本信息——比如种族、年龄、大致的性格之类。

当然，作为一个活物——而且是一个毛病挺多的活物，尼雅不可能像运转精密的机器那样从不犯错，什么都感觉不到这种事情，也不是第一次出现了。

"也还有别的办法，我就地进入冥想状态，说不定会有点新的发现。"

她脸上显然不是在开玩笑的表情。

"行了，美人儿，"我将步枪枪带挂到肩上，一把拉过她的手腕，"我可没心情在这鬼地方陪你冥想四个小时。"

"现在是三个小时了！"她一本正经地说道，"我天天都在练的。"

"哦，了不起，"我揶揄道，"那可是缩短了整整百分之二十五啊！"

"这么喜欢挖苦别人，难怪霍卡你到现在都没有交过女朋友。"

"喂！谁说我……"

欲辩无言——在一个超感者面前说谎，意义何在？

六

空腔的尽头是一个 T 字形的通道，也就是在这里，我接收到了量子通信器的信号——那台给我留下深刻印象的"PP79"，应该就在一百五十米的范围以内了。

直到此刻，我们依然没有见到一个活人——当然，也没见着尸体。西帝人的遗迹有种莫名的神力，可以将没有智慧的生物全部阻挡在外，不要说大型的掠食兽，连细菌这样的微生物都少见，因此如果有人死在里面，现场应该是好几年都不会变样才对。

况且，以科考队携带的武器来说，最多也就是在人身上打打洞，绝不可能出现将身体完全蒸发的情况，若是当真按照老陈所说，盖伦那疯子杀了三四个人，那怎么着也应该留下一些诸如血污之类的蛛丝马迹。

同样，尼雅那边也一无所获，按照她自己的解释，是因为时间已经过去五天，残留在空气中的思念场太稀薄，反正我对这些玄乎的东西从来就没有过概念，只能随她说了。

根据信号强弱的微小变化，我选择了朝向左边的岔道。不知是心理作用还是特意为之，这里的光照比之前差了很多，墙饰的风格也与刚进入遗迹时的那一段有所区别——最明显的特征，就是天花板从有弧度的流线型变成了尖锐的棱角。

按照一般的考古学观点，西帝人对圆润有着特殊的偏好，它们的建筑布局中充满了弧线，只有很小的一部分含有角这种几何形态——至于角的作用和意义，就都是些没有定论的揣测了。

通道本身以极微弱的角度向内侧旋，似乎还有点向下倾斜的感觉。不知为什么，此情此景让我又想起了"遗迹活着"的那种说法——如果把入口看成是嘴，把空腔看作是胃，那我们现在刚好就漫步在这只巨兽的肠道里，或者……

"咿——你都在想些什么啊？"

我回头看了一眼眉头紧蹙的尼雅："有力气偷窥我，不如集中精神找找人。"

"没用，"她慢悠悠地摇着头，"要是能感觉到的话，我早就感觉到了。"

在扩大器的帮助下，训练有素的超感者可以侦测到躲在一公里外树洞中的松鼠。虽然军队里也有一些反监控的设备，但是一支科考队显然不会带着那些完全用不着的东西进入遗迹。

"也许他们都饿死了，"我边走边说道，"包括那个发了疯的盖伦，嗯，最好是这样，死人不会写报告，我们能省下不少事哩。"

"如果他们中有人接受过'灰狐狸项目'的训练，也有可能干扰我的感应，"尼雅一副相当认真的样子，"尤其是像盖伦这样的9.3

型合成人，本身就自带超感抗性。"

"别胡思乱想了，那九个人的资料我们都研究过了不是吗？他们没有……"

等一下，我突然想到了什么——为了确认刚才这一闪而过的疑虑，我又将灵核中关于科考队的资料调出来，细细品读。

"没有超感者！一支由边境业务开拓部组织的科考队里，竟然没有一个超感者？"我不禁有些困惑，"这不合常理啊！"

"他们没有邀请我。"

"对，也没有邀请迪纳拉，部门里最好的超感者都在家里蹲着待业，那边却组织了九个大活人去科考？"我摇摇头，"董事会到底是怎么想的？"

"也许是在无人机侦察之后，觉得'标的7'没有危险，才这样安排的呢。"

"好个没有危险，"我一声苦笑，"现在是连个活人都没有了。"

随着定位信号的强度接近顶点，通道也到了尽头，在我们面前出现了一个敞开的空间，从外面看不出什么名堂，但当我们准备进去的时候，尼雅却突然喝住了我：

"霍卡！"

"别吵，我看到了。"

不光是堆满房间的各种器材——包括那台还在运转的量子通信器，也不光是横七竖八倒在地上的尸首，仅仅是那种弥散在空气中说不清道不明的古怪光影，便足以让人望而却步。

但奇怪的是，我却因此亢奋了起来——我觉得在我被合成出来的时候，他们一定是做了什么手脚的。我的好奇心从小就异常旺盛，以至于毕业后想都没想，就直接加入了边界业务开拓部的事故调查科。

可惜无论是枪法还是格斗技，我的身手都与这份激情不相配，如果没有尼雅，我恐怕已经死过十好几回了。所以在逞英雄之前，我还是照例先征求她的意见：

"有危险吗？"

"还没。"

也就是说，我们至少有四十秒钟的绝对安全时间。

我端起方才捡到的突击步枪，小心翼翼地挪步向前，在量子通信器前停住脚。这台比冰柜还要大上一圈的昂贵设备占据了房间中央的位置，一个死去的科考队员趴在控制面板上，防护服的面罩刚好压住了响应键——这就是为什么之前一直联络不上这台机器的原因。

房间内的尸体一共有四具，看伤痕和血迹，都是被小口径轻武器直击毙命——也许就是我手里的这把。他们有人中了一枪，有人中了两枪，还有一个倒霉蛋被打成了漏勺。

"脑死亡已经太久，我只能读到很微弱的思念场，"尼雅放下其中一具尸体的手腕，"不过我要是冥想一下，说不定能把他们临死前的记忆给凑出来。"

"别,"我赶忙抬手阻止她,"在这鬼地方静坐四个小时?亏你想得出来。"

"是三个小时。"

"你去确认一下这几个人的身份和装备,"我指着两具靠在右侧墙边的尸体,"顺带回收一下灵核,看还有没有能用的。"

作为考克斯人最伟大的发明之一,灵核是已知宇宙中效能最稳定、适用性最强的外部记忆器,不到二十年时间,考克斯人便将其他生产大脑芯片的企业扫地出门,完全垄断了整个市场。这种水晶石一样的小东西,不仅可以替使用者记录信息,还能通过定制微调,改善使用者的智力水平。而最重要的是,它更换起来极其方便,无须任何植入手术,只要像饰品一样挂在身上就好了。

当然,对于执行军事任务的士兵,灵核还是要植入体内的,而且为了防止泄密,在确认使用者死亡之后,灵核会自熔,化成无数细小、不可复原的碎屑。

在尼雅忙着核对死亡名单时,我得以将注意力转向这个房间本身——它的面积不算大,呈喇叭状张开,内侧是一片略带弧度、能倒映出人影的光滑墙面。我提着步枪,走到这堵沾满血污的镜墙前,发现正有一些微弱的光斑在上面若隐若现——确切地说,是悬浮在离墙体几厘米的半空中。

就在我的好奇心战胜了理智、准备伸手去触碰那光斑的刹那,身后突然传来尼雅凄厉的尖叫，我心头咯噔一响，腿脚有些发软地回身抬枪瞄准，不是我胆小——如果真有东西值得尼雅尖叫，那我多半也是死路一条了。

本以为会看到什么惊悚的场面，却只见尼雅瘫倒在地，一个应该是死掉了的科考队员抓着她的脚踝，抬起半张已经被子弹贯穿的脸，颤巍巍地哼道：

"我……我想我……还可以抢救一下。"

七

也许是因为完美主义的民族性，亚特兰人的任何工业产品总是被做得精美绝伦，就好像我们面前的这只人形生化人，在打了一整瓶纳米修补剂之后，它的脸庞开始慢慢复原成原本的模样——细腻的肌肤、精致的五官、性感的红发，以我的文学素养，这张脸只能用无可挑剔来形容。另外，如果不是穿着粗笨的防护服，它也应该有着一副相当火辣的身材，不逊于任何职业模特。

不过，无论外貌如何，我对这种工业制成品都没有任何好感。去年年底，在关于"是否授予有突出贡献生化人公民权"的表决中，我坚定地投了反对票。如果连这些工具都能获得与人一样的平等权利，那么假以时日，冰箱和洗碗机也可以被授予公民权了。

"我的编号是马克尔三系11054，提尔及吉米特联合集团荣誉出品,保质期三十年,"渐渐恢复元气的生化人指着自己防护服前的标识,咧嘴傻笑道,"由于我刚刚获得公民权,所以你们也可以叫我的名字——娜娜。"

没错,那法案通过了——投票结果几乎是一边倒,这世界到底是怎么了啊!

"行了行了,11054,"我没好气地道,"我们是事故调查科的人,经董事会授权来此地执行任务。"

"呃,"坐在地上的生化人愣了几秒,"执行什么任务?"

听完,我不禁"啧"了一声——这货的 CPU 坏掉了?还是在故意跟我炫耀它的幽默感?

"事故调查科,懂不?"我提高了嗓门,"你们的科考队完蛋了!你说我们是来干吗的?"

"就你们两个?"

"你是不是搭载了振幅干扰器?"尼雅关心的却是另一个问题,"为什么我感应不到你的思念场?"

"受重伤之后我就进入了假死模式,只有生物传感器还在工作。"生化人那满含深情的眼神在我和尼雅间转了两个来回,"两位恩人要是再晚来个两天,我就肯定是死透了,我真想好好感谢你们——感谢你们八辈祖宗。"

我用手扭过它的面罩:"看着我! 11054!把你救活是要你回答问题的!还有,你也是,尼雅,别扯无关的话题!"

与生化人视线交织的瞬间，我不禁拜服于亚特兰微机械科技的强大——它面部的伤口已经完全愈合，只是左眼眶下沿还有点破损，显得不太自然。

"哦，是的，当然。"为了增加用户体验，这些生化人的嗓音也是被设计得有如少女般温柔细腻，"我本来认为这是一次非常普通的遗迹考察，大约是在上季的六号，我以多功能辅导系统的身份加入了队伍，是摩甘娜主任提供的邀请，薪酬很诱人……"

"说重点！"我不耐烦地道，"你们队是怎么被团灭的？"

"是盖伦，那个工兵，"生化人依旧保持着咧嘴傻笑的模样，"他疯了！用突击步枪扫我们！"

"他人呢？现在在哪儿？"

"盖伦在军队服过役，对生化人的特性很了解，"它指了指自己面罩上的凝胶，"用冥界亚龙轰了我六枪，当时我就躺倒了，怎么可能知道他的去向？"

所谓的冥界亚龙是夏姬人开发的细菌毒弹，可以抑制微机械体的自我修复，是专门为对付生化人而开发出来的肮脏武器。

"但你现在还能坐在这里同我们说话，"我点点头，"看来他对生化人的了解还不够嘛。"

"我这身子，可是装了过滤器的啊，"它貌似很得意的样子，"最新型的过滤器！还没投入量产呢！"

"行了行了！"我叹了口气，"说盖伦！他是怎么回事？作为一名拥有灵核的工兵，怎么可能突然发疯？"

"不能算是突然，"生化人单手撑地，虽然有些摇晃，但它还是慢慢站了起来，"他本来是应该被送去临时营地做精神鉴定的，但我不在现场，不知道发生了什么，队长回来的时候，只知道对着量子通信器狂吼，然后没一分钟，盖伦就端枪跟进来扫射……"

"等等，11054！"我抬手示意它暂停，"你说盖伦要被送去做精神鉴定，是他出了什么问题吗？"

生化人指着旁边闪着光斑的弧形墙面：

"他摸了一下这东西，人被弹出去两三米，昏迷了五分钟后才醒过来，然后就一直在念叨着什么'边界被突破了，必须重新开启防线'之类的话。"

我看了一眼那堵墙，清了清嗓子，暗自庆幸刚才没有手欠。

"这墙有什么特别的吗？"

"虽然已经荒废了两百万年，但西帝人遗迹依然功能完整，"生化人继续道，"见过那种通常安装在入口的黑色触手了吗？那其实是西帝人的身份识别系统，不知为什么，这个遗迹的系统出现了点偏差，它以为我们是西帝人，于是打开了门，放我们进来，从那时起，科考队的性质就发生了变化——我们踏入了前人从未接触的领域，所以我也没法回答你这墙的具体用途。"

说这话的时候，它一点也没有兴奋的样子，凭我对生化人的了解，这些工业制成品在模拟情绪上应该是一流好手才对：

"哦！照你这么说，这里应该是轰动世界的大发现啊，"我挖苦道，"恭喜，你出名了哦。"

"我？我一开始就觉得我们不应该进来，"生化人面露怨色地说道，"按照规定，我们应该向上级汇报并等待进一步的指示，可队长却认为机不可失，应该抓紧时间探索遗迹。"

"还有其他的幸存者吗？"

生化人摇摇头："就算有，也一定留在临时营地，那里的面积比这边大，所以我们把医疗和维生设施都留在了那边。"

"那个临时营地在哪儿？"尼雅突然插话道，"能带我们过去吗？"

这些超感者，一旦遇到无法被读心的对象，就连基本的逻辑推理能力都没了——

"还能在哪儿？"我不屑道，"这遗迹里只有一条路我们还没走过了。"

八

正如我的推测，所谓营地就在另一条岔路的尽头。

不，与其说是营地，不如说是洞窟——如果没有长明的军用应急灯在提供光源，这里应该是一片黑寂。墙壁和天花板的材质非常粗糙，并不是那种典型的西帝人遗迹风格，用手一摸，防护服的微感应器立即分析出了它们的材质：

"好嘛,只是普通的岩石,"我转过身,"西帝人的房地产商也学会偷工减料了。"

"应该是还没完工的部分,在其他的遗迹里也出现过,"生化人很认真地解释道,"西帝人在盖房子的时候喜欢按照需要,一个房间一个房间地分别建造,因此在同一个结构中就有可能出现这种情况。"

身为事故调查科探员的我,怎么可能不知道这种常识。

"谢谢你的辅导,教授。"我挥了挥手,"现在来干点正事,帮我们辨认一下所有死者的身份。"

就像老陈在通信视频中所说的那样,盖伦将四具尸体留在了这个洞穴内,三男一女,其中一位还是医生——她手里攥着支注入剂,看标签的颜色,应该是精神稳定类的药物。

凶器毫无疑问是一把 RX76 型突击步枪,子弹在岩壁上打出了一长串裂纹,粗略一数,足有五十发,射击者的丧心病狂由此可见。

野战型医疗仪放在洞穴的入口处,紧挨着它的是两长排充气睡袋——也就是这两排充气睡袋,让我觉察到了整个遗迹里最大的疑点。

"怎么有十五张床位?"我不解地回头问道,"尼雅,上面说科考队员有几个人来着?"

"九人啊,"抢在尼雅答话之前,生化人先开了口,"连我在内一共九人。"

"你是不用睡觉的，那这么多睡袋是怎么回事？"

"这个，"从它眼球的转动速率来看，应该是在好好思考的样子，"我的自律回路里没有记录。我也无法理解这种行为的逻辑，因此无法做出解释。"

"怎么可能？他们准备充气睡袋时你在哪儿？作为人形电脑，你的视频记录呢？"

"嘿！不要人身攻击啊！什么叫人形电脑？我是多功能辅导系统！"

生化人这次的笑容相当僵硬——看来制造它的企业并没有给它安装生气的表情，以我对这些人工智能的了解，当它们说没有记录的时候，一般就是真的没有记录了。

我走到其中一具睡袋前，打开位于枕头侧面的维生颊囊，在一般情况下，使用者的基本信息都会被存储于此，但是今天——果不其然，今天所有的情况都很不一般——

"记录是空的？"我看着眼前空空如也、只剩下提示输入符号的屏幕，茫然无措，"没有人用过这张床？"

"这张床的记录也是空的。"尼雅在做着和我同样的事情，紧接着是生化人的声音，"这张也是。"

"怎么会呢？"我莫名地感觉到了一丝恐惧，"你……你是叫娜娜，对吗？我需要你们在部署这个营地时的视频记录。"我顿了顿，"现在就要。"

"等等！霍卡！"尼雅突然把一个什么东西送到了我面前，"你该看看这个！"

那是一部腕装电脑，外壳由米希盖尔记忆金属打造，可以根据需求变化形状，嵌在防护服的外部，或者套住手腕——正如它的名字那样。这不算什么新产品，米希盖尔人在最近四十年里推出了十余款类似的个人系统，几乎已经达到了人手一部的程度。

对，人手一部，记录着所有个人信息与资料，直接与使用者的灵核相联。但这里，在科考队的营地里，竟然存在着一部什么资料都没有记载的空白腕装电脑——确切地说，是百分之九十九点九的空白，只留下了很小的一段视频记录。

"录像的时间是6E309，1257，1006，"我掐指一算，"五天前。记录人是……"

看到盖伦的名字时，心头不免咯噔一下，我扫了一眼尼雅和生化人之后，带着半是兴奋、半是忐忑的心绪按下了播放键——

"如果我没猜错，你们应该是事故调查科的人。"这是我第一次听见盖伦的声音——低沉阴郁，果然不是什么好人，"所以我也就不做自我介绍了。"

跳出来的全息投影质量非常高——色泽明艳，图文清晰，和之前量子通信器的图像形成鲜明对比。

"接下来我要说的话，对你们来说可能不容易理解，但我知道，你们是被派来寻找真相的。"像是在故意吊我们的胃口，这位穿着防护服的中年男人沉默了几秒,"我可以告诉你们真相,远远超过你们需要的程度,但你们必须严格按照我所说的去做,一步都不能错。"

由于是录影,我没法发表意见,只有耐心地看下去:

"如果你们的人数少于三,那么请立即撤退并请求支援。"盖伦继续道,"就按照保守的算法好了,你们正好还有三人,那么无论如何,请留下一位勇士守在这附近,另外两人前往我在地图上标示的位置,在那里可以找到另外一部腕装电脑。目前时间还很宽裕,你们有二十七分钟,足够跑好几个来回了。"

虽然只有短短的几段话,但这个视频还是给我们提供了相当可观的信息,而其中最不可思议的一句,便是"你们正好还有三人"——五天前的录影,怎么可能如此精确地预料到我们的人数?

"你的看法?"我抬起头,"尼雅?"

"情绪稳定,也没有伊拉贡人精神干涉的迹象。"尼雅低头沉思了片刻,耸耸肩,"我感觉,他在说实话。"

"哪一句?"

"每一句。"

九

我还没有勇气去质疑尼雅的感觉。

那么,既然盖伦的话句句属实,他提到的二十七分钟时限也就不会是信口胡诌了——考虑到他的学历与职业，做一颗定时炸弹应该是手到擒来的事情。

于是，我决定照盖伦的指示去做，和另外一人同行——猜猜我会带谁？

"11054，你守在这里，保持联络通畅，"我将手里的突击步枪丢给那生化人，"如果我们俩遭遇不测，你立即出去求救，在遗迹的东北方有一条登陆艇，轨道上还有艘第十三监察舰队的巡洋舰，没问题吧？"

生化人将步枪上下端详了一阵："我倒是没问题，只要用这里的设备下载使命召唤和刺客信条两个插件，我基本上就可以以一敌五了。但要是没有带武器的话，你们准备怎么对付盖伦呢——如果他反抗的话？"

"这简单，"尼雅笑着回道，"我看他一眼就行了。"

盖伦提供的所谓地图，充其量只能算是手绘涂鸦，我连蒙带猜，最后又走回到了光之螺旋那边的反拱桥前。若是我的理解没有错，他那画着箭头的地方，应该是要叫我们往下跳。

"这货绝对是疯得厉害了，"我哭笑不得地摇摇头，"以为我们都傻了吗？"

说着，我朝着沟渠探头一瞥，然后就闭上了嘴巴。有些东西，因为角度的关系，走在桥上的时候是看不见的——比如紧贴在它下面的另一座拱桥，只有站在桥边，从侧面去看时才能注意到。

"哦，该死，我们来的时候怎么就没发现这东西？"

"不奇怪，"尼雅依旧不紧不慢地说道，"谁会特意回头朝这下面看呢？"

我当然还记得，十五分钟前，就是这个尼雅站在我现在的位置上，朝沟渠里深情凝望，但我也明白，当时她的全部注意力都在底下的光之螺旋那边，压根儿不可能发现有双层拱桥这回事。

翻越第一道拱桥比预想中要简单，虽说没有护栏，掉下去便会死无全尸，但在超感者的帮助下，我的每一个动作都精确得仿佛事先经过了计算，分毫不差。但轮到尼雅自己时，情况就没那么容易了，由于与伊拉贡人共生的关系，她的运动神经相当糟糕——反应迟钝，动作迟缓，跑步的姿势十分笨拙。要让她爬下拱桥，准确坠落在我的怀抱里——这可不像字面上表达的那样轻松。

在下层拱桥的内端，有一座敞开的西帝式门廊，盖伦所提到的另一部腕装电脑，就放在这个入口正中央的地上。

"没有敌意反应，"尼雅小声道，"不会是陷阱。"

那么，就让我们看看这位盖伦还有什么要说的好了——

"继续前进，跨过这道门后一直向前，"果然又是他穿着防护服的全息投影，"我建议你们一边走一边听我说，这样就可以节省下越来越宝贵的时间——相信我，这个世界给你们留下的时间实在是太短太短了。"

"他这算是什么毛病啊？"我笑道，"被害妄想症吗？"

"至少我没感觉出什么问题,"尼雅摇摇头,"恐怕要请专业的心理医生来才能解释了。"

"用不着,等见到他的面,我来帮他治!"我朝前指了指,"现在就姑且按他的摆布来做,你在前面开路,走慢点儿,要有危险咱俩马上跑。"

在超感者面前,一个普通人玩不出什么花样——抱着这样的信念,我跨过了门廊,同时继续播放刚才暂停的录影。

"我猜你们一定非常关心我的精神状态,很遗憾,我也无法确定自己是否还能保有理智,在……"盖伦顿了顿,"在看到了那些……那些疯狂的东西之后,我们以往对西帝人历史的理解,现在想来,是如此幼稚可笑。你知道吗?它们甚至比我们想象中的神灵还要强大——创世灭星,弹指之间,几乎无所不能,残留下来的遗迹,只不过是西帝文明在我们感知范畴内的冰山一角。"他话锋突转,显得既哀伤又无奈,"可它们还是灭亡了,在开拓星之大海的征程中,被宇宙的真理所淘汰,成为茫茫虚空中的一粒沙尘。"

"哟,"听到这里,我不禁笑出了声来,"这小子还挺文艺。"

"他在害怕,"走在前面的尼雅却有不同的看法,"声音都瑟瑟发抖,你没听出来吗?"

他怕与不怕,与我何干?我关心的只有如何才能找到这家伙而已。

"我知道你们一时还无法理解我的话,好吧,就让我从头说起。"盖伦坐了下来，可能是由于摄像头位置固定的缘故，他的全息投影一下就莫名其妙地变成了半身像，"相信你们已经注意到了，这个遗迹的敌我识别系统出现了故障，它接纳了我们这支小小的探险队。一开始，大家都很激动，觉得这是出名的好机会，是上天的眷顾，于是我们一路向里探索，直到进入控制室。"

控制室——倒是个相当陌生的称谓，至少以我对西帝人的了解，还真是第一次听说这个名词。

"我被墙上的光斑所吸引，就好像是看到了点点火光的萤虫，情不自禁地伸手去摸——就在那个瞬间！我感觉自己被什么东西给击中了！"他声情并茂地一边比画一边说道，"就好像被大卡车撞翻了一样，我整个人都飞了出去。在恢复知觉之后的十分钟里，我只能感觉到一些奇怪的低语和影像，至于自己在哪儿，别人对我说了什么，全部都没有印象。"

在观察盖伦胡诌的间隙，我抬头向前看了一眼——这条通道有着明显的向下倾角，可以容纳三个大汉并排通过，由于光线的关系，目前还看不到尽头，但根据基本的勾股定理，我们应该就快要接近遗迹的底部了——如果之前卫星的勘测没有出错的话。

"在接受治疗的时候，支离破碎的理性又重新拼接在了一起，然后，我恍然大悟，在控制室中侵入我意识深处的，正是建造者留下的信息，它们的系统误以为我是西帝人，便按照预定的程序，将最终防御线的维持状况直接灌输进了我的思想。没有思维能力的工具，在哪里都是一样忠心耿耿，它们并不知道，在这个宇宙中，已经没有西帝人的存在。不，不，它们很好地履行了自己被设计出来的使命，最终防御线……"他的声音突然又兴奋了起来，"那西帝人极尽所有智慧和全部希望，打造出来的最终防御线——完美无缺！毫无破绽！"

我当然不明白盖伦在说些什么，但仅仅是从逻辑上分析，他的话并不具备参考价值——在银河系更遥远的悬臂上都能找到西帝人的遗迹，在此地建立什么最终防御线完全是不合理的——除非它们的敌人是来自内部的叛军。

"你们一定很奇怪，为什么强大到无法理解的西帝人也会需要防线这种概念，究竟又是什么东西，能将他们逼到生死存亡的最后关头？我可以告诉你们答案，西帝人最后一个十年所发生的一切，我都记下了——多亏有灵核，我才能够承载如此庞大的信息量。"

"等等，尼雅，"在视频戛然而止的同时，我突然想起了一个很重要的问题，"我们走了多久？"

尼雅慢吞吞地回过头，看了一眼身后的通道斜坡："快有十分钟了吧？"

"不是时间，我是问距离。"

"六百五十二米。"

不可能——我的灵核里记录着整个遗迹的全息模型，由最先进的地壳遥感仪测绘而成。虽然我们无法看穿西帝人的建筑材料，但它的规模和大小绝对准确无误，一毫米都不会多出来，也就是说，我们现在应该已经走出了遗迹，走到了岩层里面才对。

就在我满腹狐疑的时候，前方不远处的通道似乎给出了答案——它停止了倾斜，并且像漏斗一样豁然展开，再往前走十几米，便是一个开阔的平台。

到头了吗？

站在平台中央，望着远方纯粹、绝对的黑暗，我心中突然有了一种被虚无注视着的恐惧感。在我鼓起勇气向前踏出半步之前，又是尼雅的叫喊吓住了我。

"等等！预测到剧烈的情绪反应！"她的呼吸相当急促，"先别过去！可能是某种低强度的精神伤害，等我先给自己打一针……好了，"她搭住我的肩膀，双目微闭，"接下来是你。"

超感者的触摸可以控制情绪波动，在血肉横飞的战场和危机四伏的丛林里，这招百试不爽。但即便如此，站到平台边缘的那个瞬间，我还是被眼前的景象给吓到了——双腿打着战，脑中一片空白，只能用最简短直白的语句来表达心中的感受：

"我的妈呀！"

十

此时此刻，创造了人类文明的文字却是如此苍白无力，不要说解释，我连起码的描述都有相当困难。

首先，平台并不是孤立的建筑，在它下方几米的位置上，嵌着一架足有高速公路那么宽的长桥，像一柄长矛，从脚下一直延伸到遥远无边的黑暗深处。

而在这长桥下方……不，不光是下方，抬头看天，上面的景致也是完全一样，就仿佛镜花水月的倒影，以中间的长桥为分界线，将整个世界给翻了过来。

世界？听起来像是夸大其词的形容，但以我的词汇量，却实在也找不到更贴切的替代语了——那是宏伟到令人叹为观止的人造结构，在椭圆形的巨大滚筒上，矗立着密密匝匝、高低不一的建筑物，全部都以西帝人的发光材料筑成，黑漆漆、蓝幽幽的一片，就像是一块块在鬼火包裹之下的墓碑，显得既肃穆又骇人。

这些建筑究竟有多大？这根滚筒究竟有多深？呆若木鸡的我自然已丧失了判断能力，可防护服自带的距离探测器也没能给出答案——超过九千九百九十九米。也就是说，从我所在的位置算起，一个猛子向下俯冲十千米都没法接触到哪怕最近的一栋楼。如果以此为参照系进行推断，每一座建筑都有泰坦级旗舰的规模，而整个椭圆形结构的直径更是大得超乎想象，也许能塞下一颗小行星。

"霍卡！地上有东西！"

顺着尼雅所指的方向望去，在长桥那光滑无垢的路面上，确实摆放了一个相当显眼的小东西——是的，又一部腕装电脑。

既然盖伦已经跳下去过了,那么作为一名事故调查员就更没有理由畏缩——这样想着,我纵身跃下,跳到坚实的桥面上,它似乎比刚才看到的要窄些,最多只能容纳两辆军用货车并排通过。

在前方不远的桥面上,横着一条很明显的缝隙,就好像被工业切岩机割了一刀,这种要命的构造让我不敢再继续前进,只得将注意力重新聚焦在脚边的腕装电脑上。

不出所料,这台个人系统也只是留下了一小段视频,其他东西都被删了个精光——倒是颇有高智商犯罪的范儿。

"现在,我估计你们应该开始相信我说的话了,"盖伦的声音里多少有些得意扬扬的味道,"千万年来,人类总是迷信自己双眼看见的所谓真相,可当他们看到自己理解不了的东西时,却又开始怀疑自己的感知。如果换个环境——比如在审讯室里,那么我的话一定会被当成是疯子的无稽之谈,但是在这里,在这个伟大的造物面前,我们这些低等生物反而可以更平和地交流。"

作为从人造子宫里诞生的合成人,我对低等生物这类言论十分反感,不过现在我关心的显然不是这种问题。

"哦,当然,我知道你们现在最想问的是什么,"盖伦摊开双臂,"这里——被西帝人称为盲区,是三十六万座避难所中,最后完成的一个。在它还没有完全建好的时候,最终防御计划便已经开始了。正如你们所见到的那样,这个盲区并不存在于我们的空间,实际上,它不存在于任何空间。西帝人掌握着四界十二个维度,他们的生命不仅是永恒，而且可以在物质与非物质位面自由移行，可以在不同的维度中，以不同的形式存在，而这一切，都不需要借助任何设备……"盖伦用力点了点自己的头盔，"想象一下，如果以我们现在的科学技术，继续发展一百万年，世界会变成什么样子？我们的身体，我们的灵魂，我们看待宇宙的角度？"

也许是因为听得太入神，我都没有注意到尼雅已经站到了我身后——眼见为实，盖伦说得没错，两分钟前我还认为他只是个精神错乱的疯子，但现在，他却成为有史以来最大考古发现的先驱。

"但他们，灭亡了。难以置信对吗？一种可以在不同空间中自由穿梭的生物，一个可以征服整个银河系的文明，最后还是灭亡了。"盖伦又变得沮丧起来，"而且最可怕的是，它们尽了全力。以光年来计量的庞大舰队，能够湮灭一个星系的超级炸弹，吞噬所有存在的奇点，还有，这个可以凭空制造出虚拟空间的神器，可以撕裂时间与空间、在维度的夹缝处建立殖民地的最终防御线——也就是我们所说的光之螺旋。"

光之螺旋？他莫非是指遗迹空腔里的那根发光大萝卜？根据灵核里的资料，在已知宇宙中，考古学家已经发现了九十三座含有光之螺旋的西帝人遗迹，但是没有一个被叫作过最终防御线——这绝对是一个新名词。

"结局呢？大家都已经知道了，西帝人输掉了两百万年前的那场战争。"盖伦继续道，"我很想现在就告诉你们究竟是谁将西帝文明连根拔起，但那样的话，你们一定会被吓得屁滚尿流，然后号叫着逃跑吧？"但愿他这不是在讲笑话，"所以，继续前进，别怕，你们距离谜底只有一步之遥了。"

前进？我抬起头，看着前方笔直的桥面，它的长度已经远远超出了视野的极限，根本就看不到尽头。

"一步之遥啊！"我不禁苦笑了起来。

十一

再次恢复神志的时候，我发现自己正脸朝下趴在桥面上——姿势虽然相当不雅，但好歹是活下来了。这狼狈的经验再次让我明白了一个真理——我应该把尼雅的话听完再行动，而不是总责怪她的语速太慢。

我做了什么？

只是简单地把脚跨过桥面上的缝隙而已——既然盖伦说要继续前进，那么不论有多远，总该要迈出第一步吧？可还不等我的前脚落地，尼雅便吼出了她的警告。诚实地说，我什么也没有听清楚，当我回头准备看看她时，一股莫名的力量将我整个人拎了起来，就像在失重的空间站里摔倒那样，我一边飘浮着打滚儿，一边以某种形容不出来的方式向前移动——应该是顺着桥面移动，而且速度相当惊人。这感觉就像把游乐场里最刺激的项目混合在了一起，不仅让人心跳加速、头晕目眩，有那么几个时刻，我感觉自己都完成了濒死体验。

根据防护服的监测数据，我在半分钟内位移了三百九十二千米——天哪，这速度足够把我推出行星轨道了。但我的身体并没有因此被扯成细面条，可见这强劲的牵引力并不是什么机关陷阱，而是经过精心调试的某种交通工具——恐怕同样也出自伟大的西帝人之手。

从尼雅那飘逸的降落姿势来看，西帝人确实设计过姿态控制系统，肯定是我在跨越缝隙时的方式不对，才会有刚才那种糟糕的、近乎交通事故的用户体验。

但奇怪的是，落地后的尼雅，表情却一点也不比我轻松。

"是不是有什么东西在跟着我们？"

"谁？"我一愣，"跟着谁？"

她没有直接回话，而是转过身，背对着我，呆立了一小会儿。

"怎么回事？什么情况？"我本能地从怀里掏出工兵刀——当然，这东西只能提供壮胆的作用。

"我刚才感觉到……"似乎有什么难言之隐，尼雅微微噘起嘴巴，欲言又止，"算了，可能又是既视症发作。"她头也不回地朝身后指了指，"那里，盖伦给我们留的信，你最好去看看——很重要。"

但愿这就是所谓的答案——抱着如此奢望，我转身向腕装电脑走去，因为光线与距离的关系，走到它跟前时我才注意到，前方不远处便已是长桥的尽头。

呈阔剑形的四片巨物连接在桥面顶部，看起来就像经过艺术化加工的排气扇叶片——应该是某种纪念碑吧？西帝人不喜欢尖锐的形状，设计成这番模样，一定有其特别的用意。

不过在见识过了滚筒的宏伟之后，眼前的电风扇便无甚惊人了，于是我又把注意力转回到手里的腕装电脑上。6E309，1257，1011——看记录时间，所有的视频都是在几分钟内完成的，这表示盖伦非但没有发疯，反而神智清醒，所传达的信息恐怕也经过了深思熟虑。

"在开拓更广大世界的征程中，不死不灭的西帝人遭遇了一种闻所未闻的强劲对手，它们……"盖伦摇了摇头，"我没法解释它们究竟是什么，它们的生命形态、它们的活动方式、它们的社会结构——就算是通晓天地万物的西帝人，对它们也是完全一无所知。在不到十年的短短岁月里，在我们还无法踏足的可怕维度中，它们与西帝人之间爆发了无数场战争——不，那不是战争，而是单纯的入侵与屠杀，西帝人从来没有取得过哪怕一次的胜利，于是，它们有了一个可怕的称谓——不可战胜者。"

也许是因为之前尼雅的那句"很重要"，我听得格外认真。

"不可战胜者看待宇宙的方式非常独特，在它们眼里，世间万物皆无实体。从最小的基本粒子，到宏观的物理法则，包括物质、能量……甚至宇宙这个概念本身，全部都可以用信息来度量，而它们的战术也正是基于此种原理——在抹除了具体对象的信息之后，不光是这个物体会立即消失，它在整个时间线上残留的痕迹也将遭到屏蔽。你……"盖伦的投影突然抬起头来，就像是在看着我似的，"你明白我的意思吗？无论目标可以穿梭几个维度，在被屏蔽之后，它所有的信息——现在、过去、未来，都将完全消失，连别人对它的印象也不复存在，到最后，只有那些无法主动创造信息的死物能够留存，就像西帝人的命运一样，辉煌万世，最后却只剩下了空旷寂静的无名遗迹。"

像被提醒了似的，我突然想到了什么——空空如也的腕装电脑，没有注册信息的突击步枪，还有那些没有被使用过的睡袋……难不成……

"回忆一下，我的朋友，在来到这里之前，我是否提醒过你们，要留下一人殿后？"

不安的揣测在盖伦的这一句话后变成了惊骇的现实。

"尼雅！"我一边按下暂停键，一边用满是不安与惶恐的颤音叫道，"你还记得——"

"不，"她双目无神地抢答道，"我，不记得了。"

尼雅知道我想问什么，同样也洞悉了我的想法，而从那茫然失措的表情来看，她所感受到的恐惧丝毫不亚于我。

盖伦不可能说谎，他的原话就被我储存在灵核里——他确实有建议我们留下一人守在临时营地中，但……是谁？那个被留下来的人是谁？真的有这么个人？为什么，无论是在我自己的记忆里还是灵核里，都找不到他存在过的痕迹？

"我们先冷静冷静，尼雅，好好回想一下。"我调整呼吸，强迫自己的心绪平复下来，"你和我走下登陆艇，步行十分钟后，进入了这个遗迹，对不对？之后我们去了哪里？"

"霍卡……"

"我们进入一个巨大的空腔，不不不，首先是一个主厅——典型的西帝人建筑布局，对吧？我没记错吧？"我干笑道，"然后呢？我们看到了光之螺旋，我们过了桥——第一次过桥，然后……"

"霍卡。"

"然后是一个岔道，"我兀自比画起来，"对，岔道。我们一开始走了左边，找到一个小房间，所有的人都死了，是三具尸体对吗？是三具对吧？"

"霍卡，"尼雅突然将双手放在我的肩头，轻轻叹了口气，"登陆艇里，我坐在你的斜对面，还记得吗？"

被一个自己暗恋着的女孩突然抱住，心里的恐慌竟也少了几分，我清了清嗓子，点点头。

"但是以前，我都是坐在你的对面……"她停顿了有差不多十秒钟，"走下登陆艇，进入遗迹的——不只是我们两个人啊。"

"你在胡说什么？我明明记得……"

"事故调查科从来都是四人一组执行任务，"尼雅依旧是慢条斯理的语态，不急不躁，"也许会更换队员，但人数绝不会变——这是规矩，记得吗？"

"可……怎么会呢？"我用力地摇着头，"怎么可能呢？一个大活人——不，两个大活人在我们面前凭空消失？我们却一点感觉都没有？所有关于他们的记忆，和他们共事的经历……这些……这些都不见了？我们还跟什么也没有发生过一样？"

对——"和什么也没有发生过一样"，想到这里，我突然闭上了嘴巴。如果盖伦所说不假，如果不可战胜者当真能从时间线上将人的所有信息屏蔽，那么就等于是在不违背因果律的前提下，让此人"就和什么也没有发生过一样"。

"别怕，霍卡，别怕，"就像是在安抚孩童的母亲，尼雅用尽可能温柔的语气说道，"没什么了不起的，相信我，我会保护你。"

我刚要说些什么，突然感到脚跟一颤，继而是席卷全身的麻木感——该死的超感者，她切断了我颈部以下运动神经的电信号传导，接管了我的身体。

"你要干什么？你……喂！"

她摘下了头盔——在零下三十八摄氏度、几乎没有氧气的环境中，她摘下了头盔。

"就算拥有预知万物的能力，接受命运依然是我们伊拉贡人的本分，"她分明没有动嘴，但我却能听见尼雅的声音，"我看到了你的未来，而在你的未来里，没有我。"

青蓝色的光芒顺着她飘逸的黑发披散而下，落在桥面上，化成一波不断向外扩散的涟漪——这便是伊拉贡人的真貌，作为超感者的共生体，它们只在绝对必要的时刻才会现出原形，并且赌上性命拼死守护自己的同伴，不离不弃。

这便是所谓永恒的恋人——只有真正同体一心才能做到的境界。

尼雅微微笑着，按下了我手里腕装电脑的播放键，然后盘膝坐地，双目微启，摆出冥想的姿态，也就在这时，桥面上的蓝色光晕突然浮起，像个大口袋似的将她笼罩在中间。

"走！不许回头！"我灵魂深处响起一个低沉而决绝的怪音，它摧毁了一切反抗的意志，强迫我转过身，像僵尸一样踏步向前。

而同一时刻，在腕装电脑的投影屏上，盖伦又开始继续诉说他的故事。

"不要为失去同伴而自责。这其实都是我的错，在我接触到光斑的时候，盲区的系统误认为自己终于等来了西帝人的移民，于是暂时关闭了光之螺旋——也就是最终防御线。"

尼雅呢？此时此刻，无法活动的我，脑子里就只有她的安危，根本无心去思考盖伦的话。

"然后，在我昏迷的时候，我听到了遗迹的低语，它警告我，有一个不可战胜者撕开了空间与维度的障壁，越过了边界。根据西帝人的算法，单独的不可战胜者需要花二十七分三十五秒来屏蔽另一个个体，因此这个越界者并不足以毁灭我们的世界……"

"尼雅！"我高呼着她的名字，用尽全力想要扭过头去，却怎么也无法做到。

"但它是一个征兆，如果不设法关闭边界……我想你已经体验过不可战胜者的力量，因此也就不用解释会发生什么了吧。"我没法关闭投影仪，也没法阻止盖伦那不合时宜的自言自语，"事实上，我们的世界能够留存到现在，完全得益于最终防御线的存在，它虽然没能赶在敌人发动全面入侵前完成以挽救西帝文明的命运，但无论如何，它将不可战胜者挡在门外——整整两百万年。而在这两百万年中，我们人类诞生、成长、发育，离开地球，不断扩展着边界，成为现在的模样。"

身后传来了密集的噼啪怪响，好似电火花的声音，我知道，这是伊拉贡人在聚集能量——它明知道自己面对的是什么，明知道自己毫无胜算，却还是打算拼尽全力，放手一搏。

"尼雅！别做傻事！"而我所能做的，却只有空洞无力地呐喊，"我们一起离开这里！马上走！还来得及！"

不受控制的身体，依然在坚定地大步向前，眼看那锐剑形的纪念碑已经越来越近，身后的噪声却越发遥远，到了最后，耳畔只能听见盖伦呓语似的呢喃：

"因此你应该能够理解，无论要付出什么代价，我都必须关闭边界——这不是几条人命的问题，而是攸关所有人的生死存亡。"

他承认了自己的罪行，而且还说出了动机——如果是一般的案件，这个时候我已经打道回府，抓人什么的，完全可以交由海军陆战队来做。

但是今天，我知道，我还不能回去。

"尼雅……不要……离开我……尼……"

咸涩的泪水从眼角滑落，慢慢流到唇边，而我微颤的口中，却念着一个陌生的名字：

"尼雅。"

尼雅，是谁？

我回头望去，只有空荡荡的桥面回望着我。

十二

不知道失去了谁，也不知道为何而悲伤，孑然一身，站在不属于自己世界的巨大遗迹中，只有恐惧与孤独相伴左右——对，还有一只不可战胜者，这恐怕是我生命中最糟糕的时刻了。

当然，我可以选择逃走——顺着原路，头也不回地跑出遗迹，但一个听起来让人有些心酸的想法阻止了我：如果就这样离开，那些牺牲的同伴——两人也好，三人也好，无论是谁也好，不就都死不瞑目了吗？

不，虽然我无法想起他们的名字和容貌，但我知道、我坚信他们的存在，因为正是他们的存在，我才能一个人走到了这里，走到了如此接近答案的地方。

现在，长剑形的纪念碑近在眼前，我抬头一瞥，发觉它比之前预估的要高大许多。在那黑亮的表壳上闪动着无数细小的光斑，就和之前在控制室中看到的那些一模一样。我猜，这多半也是一台相当于控制系统之类的设备——单纯从其规模就可以推断出，它的作用非同小可。

几个跨度很大的台阶之上，立着一尊像是祭坛的八角形台体，而最后一部腕装电脑，就放在这祭坛的正中央。

这是盖伦自己的个人系统，里面的资料很全，从出发前的一个月到五天前，所有的记录都保存完好，不见一点被删节过的痕迹。

"我没有杀死所有人，因为启动最终防御线的开关在这里——在你面前，我要确保自己有足够的时间赶到此地，就必须留下一些人来做诱饵。当然，我知道他们的名字，知道他们是谁，但我不能说出来，"盖伦摇摇头，"名字是信息最基本的存在方式，万事万物皆可名状，不可战胜者在锁定一个目标后，首先毁灭的，便是和名字有关的一切。因此，如果我透露了那些被我当成诱饵的名字，这段录像也会遭到屏蔽。我不能冒这个险。"

如果盖伦说的每一句都是实话，那么我可以理解并原谅他的所作所为，同时也能想象出当时所发生的一切——他从噩梦中醒来，与队长发生争执，急躁之下，拔枪射击，打倒了每一个拦着他的人，然后又把幸存者当成诱饵，让自己有足够的时间来到这座纪念碑前。

不，等等，不对，我意识到自己遗漏了一个相当重要的环节。

盖伦早就预料到事故调查科的人会来，但为什么要留下五部腕装电脑把我们一步步引进深处？为什么要让我在这里出现？如果……这也是他的计划之一，目的又是什么？

"幸运的是，我成功了，"第一次，我见到了盖伦的笑容，"这段视频，是我在重启了光之螺旋后录制的，空间的裂隙已经合拢，入侵在开始之前便已经结束。但是，我成功了，这个世界就算是得救了吗？"他话锋一转，伸手指着镜头，"不，如果你失败了，那我的努力也只不过是垂死挣扎。来，我的朋友，向前走两步，到控制台这边来。"

因为不知道所谓的控制台到底是指什么，我犹豫了几秒。

"西帝人早已没有死的概念，肉体终结之后，思想可以在另一个维度重生；思想破灭，物质与能量又可以在其他位面重组出新的肉体。但也正因为此，不可战胜者可以轻易地将它们连根拔起——只需打碎轮回中的任何一个环节，整根链条就会轰然坍塌。但我们人类不一样，对于不可战胜者，我们有一个西帝人所不具备的绝大优势——"

在视频播放这句话的时候，我刚好走到了八角形台面的后方，看到了斜倚在地上的盖伦。

"那就是死亡。"

他用工兵刀割断了自己的颈动脉，已经死了很久了。

"死去的东西，无法主动创造信息，因此也就不会被不可战胜者所察觉——这是我能想出来的唯一办法，是保护我们未来的唯一办法。"

如此平和的语气，如此坦然的表情，如此决绝的眼神……原来，盖伦并不是疯了，而是在开始整个计划之前，便已经将自己置于死地——对，从某种意义上讲，这也算是疯了。

然后，在看到尸体手里紧紧攥着的灵核之后，我终于明白了所有这一切的用意。

"我开启了最终防御，但它终将被关闭，人类不可能永远生活在自己的世界中——总有一天，也许一万年，也许一百万年，我们要将边界继续向外推延，到那时，我们也不得不面对不可战胜者的挑战。西帝人用整个种族的命运作为代价，换来了我所经历的一切，而它，将会成为人类对抗不可战胜者的开始。"投影中的盖伦举起了手里的灵核，"这个小东西，是文明的接力棒，是为遥远未来而准备的钥匙，我现在把它交到你的手里。拜托了。"

假如真有一天——在我死去很久以后的某一天，人类战胜了不可战胜者，将边界扩大到连西帝人都不敢想象的领域，那么我们最应该感谢的，是曾经有一位英雄——他孤独地死在了异界，死在无人知晓的角落，却用自己的智慧和勇气，把唯一的希望留存了下来，并交给了我。

而我呢？

除了撒开脚丫子夺路狂奔，我还能做什么？在二十七分三十五秒内！

十三

在回收了盖伦的灵核之后，我并没有被当作英雄，反而成为囚犯——当然，我可以理解他们的做法，灵核中的内容也好，我在"标的7"遗迹的经历也好，一旦被公众得知，必将引起轩然大波，本来就甚嚣尘上的末日神论也多半会借此大造声势，招摇撞骗。总而言之，为了让普通百姓更好地过日子，很有必要让他们继续保持无知——千百年来，这是统治者们屡试不爽的真理。

至于盖伦的遗产——西帝人与不可战胜者之间的银河史诗，也变成了最高机密，别说是我，连边界开拓部的总监也无权调阅。而那些被确定含有光之螺旋的西帝人遗迹，也渐渐远离了媒体的视线——诚实地说，与经济危机相比，它们的吸引力也确实差了一些。

最终，我还是得到了应得的待遇——三年后，我从软禁状态中脱身，成了事故调查科的教导主任，虽然只是一个被架空的虚衔，但好歹离开了危险的第一线，过上了安稳的日子。然后，不知道为什么，我选择了一位黑发黑眸的女孩做老婆——对天发誓，我之前从来没有与这种相貌的女人有过接触，可仅仅是第一次相见，我就觉得非她不可。

第二年,我们的女儿降生了,由于合成人的基因俘获性很差,她长得和母亲几乎一模一样——至少头发和眼睛都是纯粹的黑,正是我喜欢的颜色。

我给她起名叫尼雅。

"尼雅?"抱着女儿的她抬起头来,"为什么起这名字?"

"咋的?"我耸耸肩,笑道,"这名字不是很普通吗?光库布尔首府就有十几万叫尼雅的女孩子呢,连德美尔人里都有叫这个的。"

"是吗?"她噘起嘴,一脸吃醋似的表情,"我怎么觉得没这么简单呢?"

女人的直觉——你懂的,总是这样毫无道理。

注:本文原名《消失的边界线》,获银河奖。